Haim

10|18
12, avenue d'Italie — Paris XIIIe

Du même auteur
aux Éditions 10/18

LA VIERGE FROIDE et autres racontars, n° 2861
UN SAFARI ARCTIQUE et autres racontars, n° 2906
LA PASSION SECRÈTE DE FJORDUR et autres racontars, n° 2944
UN CURÉ D'ENFER et autres racontars, n° 2997

LE VOYAGE À NANGA

Un racontar exceptionnellement long

PAR

JØRN RIEL

Traduit du danois
par Susanne JUUL
et Bernard SAINT BONNET

10 18

« Domaine étranger »
dirigé par Jean-Claude Zylberstein

GAÏA ÉDITIONS

Si vous désirez être régulièrement tenu au courant
de nos publications, écrivez-nous :
Éditions 10/18
c/o 10 Mailing (titre n° 3027)
35, rue du Sergent Bauchat
75012 Paris

Titre original :
Rejsen til Nanga, en usœdvanlig lang skrøne

ISBN 2-264-02687-1

1

Une surprise

... où Bjørken trouve en Lasselille un cobaye idéal pour vérifier le bien-fondé des théories de Pavlov.

Ce fut le plus merveilleux été que l'on puisse imaginer. Une grande paix s'était déposée sur le pays et les hommes ; le temps et la chasse s'étaient, pendant une longue période, montrés favorables. On avait pêché truites et saumons en quantité, entreposé la viande de phoque, aéré les fourrures des nombreux renards de l'hiver sur des étendages au grand air, et on s'était gorgé de soleil dans des quantités telles qu'il semblait maintenant raisonnable de savourer l'impatience des longues et sombres journées de l'hiver à venir. Pour l'heure, on attendait le bateau d'approvisionnement, la *Vesle Mari*, qui pouvait arriver d'un jour à l'autre.

Les chasseurs des différents districts avaient rejoint, avec une certaine hâte, Mads Madsen et William le Noir à Kap Thompson. L'arrivée du bateau, c'était malgré tout bien plus que le simple arrivage de provisions et de nouvelles de l'Europe. Elle impliquait également un regain de vie sociale et de divertissements pour ces hommes qui, dans la vie quotidienne, restaient isolés et solitaires, disséminés qu'ils étaient dans leurs stations sur l'immense territoire que couvrait la concession de la Compagnie.

Les jeunes corbeaux commençaient à se rassembler en vrais régiments. Curieux, ils circulaient au-dessus de Kap Thompson, s'en prenant bruyamment à tout ce beau monde. Les petits de l'année s'entraînaient assidûment à voler. Ils avaient quitté les rochers de leur couvaison et gagnaient maintenant la baie de Thompson où les plus zélés plongeaient après la nourriture dans la zone des marées. Les perdrix mâles cacabaient dans la montagne, tout en revêtant leur costume d'automne, et les petits fureteurs, qui étaient totalement désarmés pendant la mue, se cachaient dans les ronciers, en haillons, sans queue, incapables de décoller en raison des plumes qui manquaient encore à leurs ailes.

On attendait le bateau. Jour après jour, les hommes lézardaient sur le banc devant la station, au soleil, occupés à scruter l'horizon au-dessus de la mer où la glace était cette année dispersée et ne devait pas occasionner de retard.

Anton reposait sur le banc, fixant un bourdon qui, méthodiquement, se cherchait sous terre un abri pour l'hiver. Il ressentait le soleil sous sa chemise comme une main chaude et tendre, et il se laissa aller en arrière, le dos courbé de volupté, contre la cloison en bois brut de la cabane.

Une grande paix habitait Anton. Une paix inaltérable, celle-là même qui n'est donnée qu'à celui qui est en harmonie avec lui-même et son entourage. Anton était heureux. Il vivait et travaillait, et se réjouissait de l'un comme de l'autre. C'est pour ça qu'il était heureux. Et même si Anton était peut-être parmi les hommes affalés sur le banc celui qui ressentait le plus fort cette volupté, chacun d'entre eux flottait dans une atmosphère lumineuse. Le Comte, assis à côté de son compagnon l'avocat Volmersen, dit doucement :

— Maintenant qu'on va avoir le grillage, Volle, on va vraiment pouvoir s'y mettre.

Volmersen hocha la tête. Il se réjouissait, tout comme le Comte, à l'idée de recevoir ce grillage. Parce que c'est à ce moment-là seulement qu'on pourrait dire que la ferme-pilote devenait une réalité. La première ferme d'élevage de bœufs musqués au monde ! Immanquablement cette idée donnait le vertige à Volmersen. Lui, Valdemar Volmersen, cofondateur du premier élevage de bœufs musqués du monde entier. Parce que le seul hasard l'avait mené dans le nord-est du Groenland à cause d'une banale affaire d'héritage[1], il devenait cofondateur du premier et au demeurant unique élevage de bœufs musqués du globe. L'idée était si géante et si peu conformiste que personne ne l'avait jamais eue auparavant. Elle était née du grand noir polaire où les nuits se font presque éternelles, où le temps n'est plus qu'une illusion. Et avant que la lumière du jour ne soit revenue, l'idée avait pris forme dans les moindres détails et des commandes avaient été passées via le sans-fil du télégraphiste Mortensen.

Il fallait clôturer environ cinq hectares de territoire, construire quelques abris, collecter du fourrage. Et puis naturellement se procurer des bœufs pour les premiers tests, ce pour quoi le Comte et l'avocat avaient commandé différentes sortes de

---

1. Voir « L'héritage du Comte », dans *La Passion secrète de Fjordur*, 10/18, n° 2944.

lassos, censés permettre de rassembler le cheptel souhaité.

Tout l'hiver ils avaient discuté en long et en large de ce qui concernait la ferme. Un peu comme si la culture de tabac et de pieds de vigne ne leur donnait pas assez d'occupation. Et les bœufs musqués étaient des bêtes si gracieuses, au dire de Volmersen qui en avait aperçu quatre au cours d'une excursion faite avec le Comte et Lodvig. Un animal quasi sculptural dont émanait une impression tout à la fois de gentillesse et d'intelligence.

Les hommes étaient assis sur le banc, chacun avec sa petite attente. Mads Madsen se réjouissait énormément à l'idée d'entrer en possession de sa nouvelle pipe. Il l'avait commandée, via le sans-fil, auprès du vaguemestre du bateau. Une nouvelle pipe du même type et en tout point semblable à celle qu'il était en train de mâchonner. Dès qu'il aurait reçu son paquet, la vieille partirait en réparation, à la fois pour le tuyau et pour le fourneau. Ce serait un superbe hiver avec une nouvelle pipe à culotter.

Lasselille pensait, le cœur tambourinant, à sa mère. Avait-elle reçu la peau d'ours qu'il lui avait expédiée l'année précédente ? S'était-elle bien fait faire un manteau avec ? Il ferma les yeux et tenta de s'imaginer sa somptueuse maman se promenant dans la rue principale de Hillerød vêtue d'une fourrure d'ours blanc, mais, avant même que la vision soit complètement construite dans sa tête, il fut interrompu par une exclamation de surprise de Bjørken.

Bjørken abaissa lentement ses jumelles, envoya un jet de sauce de chique par-dessus la faîtière, et s'exclama d'une façon on ne peut plus explicite :

— Putain de bordel !

Les hommes se figèrent dans le rang. À part Valfred, qui s'était confortablement installé dans la bruyère, devant la maison, le blouson du Lieutenant Hansen roulé sous la tête. Ils comprirent au ton de Bjørken que le « putain de bordel » en question portait sur quelque chose des plus intéressants et surprenants. Quelque chose de tout simplement sensationnel.

D'un revers de manche de son pull en laine, Bjørken essuya son œil chassieux et se renfonça ensuite les jumelles dans les orbites. Les chasseurs le fixaient sans ciller. Même Valfred souleva légèrement la tête et hissa à moitié ses lourdes paupières.

Seul Lasselille, qui s'était complètement investi dans l'évocation de sa mère, s'oublia. Il s'approcha de son vieux maître et dit à haute voix, au grand dam et à la stupéfaction de tout le monde :

— Qu'est-ce qui est si « putain de bordel » que ça, Bjørk ?

Bjørken sursauta de surprise. Il déchaussa lentement les jumelles et fixa Lasselille, atterré. Puis une convulsion douloureuse crispa son visage affaissé, et, comme contre sa volonté, il se tourna et regarda encore la *Vesle Mari* qui s'approchait à travers les flaques de dégel dans la baie. Après vérification de son importante découverte, il referma les jumelles dans un claquement, les enfonça dans sa poche et se tourna vers son ancien élève. Une minute entière, sans cligner une seule fois, il dévisagea d'un œil mauvais le jeune homme. Puis il haussa les épaules, renâcla avec mépris et quitta les mottes d'herbe du pignon. Il alla derrière la maison, dans l'ombre froide, où il se mit à regarder, en ruminant, vers la Vallée du Rhum où le soleil brillait sur les névés encore accrochés aux adrets.

Bjørken était irrité. Et déçu. Avec sa question

idiote, Lasselille avait complètement gâché la délicieuse volupté de sa révélation, il avait privé son chef de station de tout son plaisir de construire une atmosphère d'impatience et d'insupportable excitation autour des raisons d'être de cet innocent « putain de bordel ». Dans sa stupidité naïve, ce jeune imbécile avait voulu une réponse immédiate, réponse qui, bien évidemment et selon la tradition, se devait de ne tomber qu'après un compte rendu minutieux et bien amené de ce que Bjørken avait vu dans ses jumelles. Exemple typique de manque de tact susceptible de jeter même le plus endurci dans la plus noire mélancolie.

Mads Madsen, le chef de la station de Kap Thompson, et en tant que tel habilité au maintien de la paix et de la bonne entente entre les visiteurs, se leva en grognant. Il siffla après ce morveux de Lasselille, piqua sa bouteille de genièvre à Fjordur et se rendit derrière la maison.

Bjørken s'était assis contre le mur de la maison. Accroupi dans la neige qui restait encore amassée jusqu'à mi-hauteur de l'avant-toit, il tremblait de froid malgré sa colère et malgré le dragon cracheur de flammes [1] qu'il portait sur le dos.

Mads Madsen lui passa la bouteille.

— Tiens, Bjørk, jette-t'en un godet.

Bjørken regarda son vieil ami, affligé. Il agrippa la bouteille et se remplit la bouche du liquide genre glycérine.

— Ne prête pas attention à Lasselille, le consola

1. Voir « Le tatoueur », dans *La Vierge froide et autres racontars*, 10/18, n° 2861.

Mads Madsen. Il est si jeune, et puis il a sûrement le trac à la vue du bateau.

Bjørken haussa ses épaules décharnées.

— Naturellement, ça j'ai pigé, murmura-t-il. Mais tu comprends, Mads Madsen, qu'on soit envahi par l'abattement quand on réalise d'un seul coup que quatre ans d'éducation n'ont eu aucun effet sur lui. J'ai sacrifié quatre précieuses années de ma vie à éduquer ce garçon. Quatre de mes meilleures années consacrées à le sortir de la perdition et à le hisser jusqu'à la hauteur de la masse des médiocres.

Il fit un vague geste du bras et poursuivit, le désespoir dans la voix :

— Pour vivre ça !

Mads Madsen récupéra la bouteille.

— Pour sûr que j'te comprends, Bjørken. C'est vrai que c'est sacrément désolant, cette histoire, dit-il avec compassion. Ç'aurait été William le Noir, à c'te heure-ci il regarderait son entourage à travers des yeux extrêmement bleus pour peu qu'il soit encore en état de regarder quoi que ce soit.

Bjørken croisa ses longs doigts et entoura de cette boule d'os et de peau ses genoux pointus.

— J'aurais dû lui filer mon poing sur la gueule, dit-il pensivement, comme ça il aurait pu en noircir plusieurs pages à sa vieille. Un poing sur la gueule qui lui aurait rappelé, pendant très très longtemps, que même ici, loin dans le Nord, nous respectons ce qu'on appelle un code de savoir-vivre et nous nous y soumettons.

— Absolument, lui accorda Mads Madsen. Tu devrais y retourner et lui en filer un, Bjørk, un vrai coup de pied de cheval. Tu as ma permission et même ma bénédiction.

— Merci, Mads Madsen.

Il regarda le ciel bleu et froid. Et commença à cligner des yeux, signe indubitable d'une intense réflexion. Son énorme pomme d'Adam sortait comme le bec d'un aigle, et Mads Madsen en contemplait les mouvements verticaux avec admiration quand Bjørken dit :

— Il mérite absolument une tarte mémorable. Tu crois pas ? C'est mon devoir autant en qualité de chef de station que de père spirituel de lui en filer une. D'un autre côté, je trouve que le moment est passé. Ça aurait dû tomber instantanément et pas, comme maintenant, avec plusieurs minutes de retard. Tu vois, Lasselille a toujours eu un certain mal à faire la relation entre la gaffe et la douleur si cette douleur ne suit pas immédiatement la gaffe. Un peu comme les chiens. Si un chien bouffe les harnais, ça sert à rien, tout le monde le sait, de lui filer un coup de pied au cul une fois que les harnais sont bouffés.

Mads Madsen posa la main sur l'épaule de Bjørken.

— Y a sans doute du vrai là-dedans, si tu le dis, Bjørk. J'suis pas sans savoir que t'as étudié tout l'hiver et que t'es plutôt bien introduit dans tout ce qui est psychologique.

Il faisait allusion au lexique en un volume que Bjørken avait hérité de Lause, livre qui l'avait cloué à Bjørkenborg pendant la majeure partie de l'hiver.

— J'ai certes lu pas mal, renchérit Bjørken, et je suis maintenant bien au fait de la psychologie, comme tu le dis d'une manière un peu primitive. Tout à l'heure nous avons parlé de chiens, et cela me rappelle les expériences de Pavlov, les prétendus réflexes conditionnés. En effet, j'en connais un rayon.

Bjørken aspira de l'air à travers ses longues incisives, impressionné par son propre savoir, et il se sentit tout de suite un peu mieux.

— Mettons, continua Mads Madsen avec zèle, que tu fasses une expérience de ce genre — Pavlov, tu dis ? — sur Lasselille. Je veux dire, si tu recommençais tout. Qu'est-ce que t'en penses, Bjørk ?

Bjørken releva lentement la tête. Il attrapa la bouteille et la leva à la lumière pour voir combien il en restait.

— Pas idiot, admit-il, pas idiot du tout comme proposition, Mads Madsen. Une telle expérience confirmera en même temps ce que j'ai toujours démontré, à savoir que la science et l'imbécillité avancent main dans la main. Pour le garçon comme pour la science, je vais tenter cette expérience.

C'est avec soulagement que les compagnons, sur le banc devant la maison, virent réapparaître Bjørken. Ils le regardèrent en silence grimper à nouveau sur les mottes d'herbe du pignon. Quand il déplia les jumelles, les mines inquiètes firent place à des sourires entendus.

Bjørken visa le fjord. Difficile de trouver le pont de commandement de la *Vesle Mari* avec des jumelles aussi sensibles. Tout bougeait vite et de façon désordonnée. Il trouva enfin le bateau et, après avoir focalisé, il passa lentement en revue toute la rangée de visages sur le pont. Puis, pour la deuxième fois, il s'exclama :

— Putain de bordel !

Lasselille tremblait de surexcitation. Sa question lui brûlait la bouche comme un lardon grillé crépitant de chaleur. Mais il ne dit rien.

Bjørken baissa les jumelles et, furieux, regarda son

apprenti. Puis il regarda Mads Madsen qui cligna d'un œil et chuchota :

— Encore une fois, Bjørk.

Avec un soupir, Bjørken se remit en position. Il inspira profondément, et, pour cette fois vraiment souligner ses mots, il claqua de sa main libre sur sa cuisse en disant :

— Putain de bordel de crébondieu !

C'en fut trop pour Lasselille. Il sauta du banc, courut jusqu'au pignon et tira sur le pantalon du maître.

— Qu'est-ce que tu vois, Bjørk, qu'est-ce qui est « putain de bordel de crébondieu » ?

L'ensemble des chasseurs sur le banc fermèrent les yeux et renfoncèrent leurs oreilles dans leurs cols roulés. Le ronflement de Valfred s'interrompit, le bruit de la proue de la *Vesle Mari* contre la glace s'estompa, et même les jeunes mouettes figèrent leurs cris.

Et Bjørken déclencha le processus pavlovien. Deux claques bruyantes, suivies d'un gémissement de surprise et d'un léger crissement de gravier quand Lasselille glissa du pignon. Puis on entendit la voix didactique de Bjørken.

— Ce que je vois, mon ami, c'est un morveux de curieux qui, pour la deuxième fois, essaye de priver son chef de station du plaisir d'annoncer la nouvelle concernant la présence d'Halvor de Hauna sur le rafiot qu'il voit là-bas.

Il ferma les jumelles dans un claquement et redescendit à terre.

Lasselille, sur les fesses, avait l'air déconfit. Ses joues rougeoyaient comme les verres de mica de la porte d'un poêle poussé à fond. Bjørken lui tendit la main et le remit debout.

— Tu devrais à tout jamais avoir compris, dit-il

sévèrement, que l'on doit à son prochain un minimum d'égards. Même si je n'ai pas eu le droit cette fois-ci de livrer la nouvelle sensationnelle du retour d'Halvor comme il se doit, j'aurai au moins eu l'occasion de lier cette information à un apprentissage utile. À l'avenir, tes joues te diront quand une question est convenable et quand elle ne l'est pas. Exactement comme la vision d'un flan au caramel active tes glandes salivaires. Ou le contraire.

Lasselille rougissait de honte, ce qui au demeurant ne pouvait se voir. Il s'installa au bout du banc, les yeux rivés sur ses bottes. Bjørken allait tout juste se mettre à discourir sur le thème de Pavlov, avec pour point de départ son sibyllin « ou le contraire » quand Siverts s'exclama :

— Tu veux dire notre vieil Halvor de Hauna ?

Bjørken hocha la tête.

— Le même Halvor, oui. Halvor, celui-là même qui a bouffé Vieux-Niels à la place du cochon de Noël[1].

Valfred souleva un tout petit peu la tête et dit, goguenard, sans pour autant ouvrir les yeux :

— J'ai jamais bien pigé cette histoire de repas de Noël. Hé, hé, il était franchement pas appétissant ce Vieux-Niels, sapristi !

— Je me demande ce qu'il peut bien venir faire ici, murmura Mads Madsen, y avait pas une histoire comme quoi il était en train de donner dans la dévotion ?

Le Comte, qui s'affairait à l'intérieur, sortit la tête et les informa :

— Olsen m'a dit l'année dernière qu'Halvor fai-

1. Voir « Le Roi Oscar », dans *La Vierge froide et autres racontars, op. cit.*

sait des études pour devenir curé. Il a écopé une condamnation avec sursis, a passé un bout de temps à l'asile et fait maintenant des études au séminaire. Peut-être qu'il a juste envie de faire un pèlerinage sur ses vieux terrains de chasse.

— Heureusement que Noël est loin ! murmura Mortensen qui ne connaissait Halvor que par ouï-dire. D'ailleurs un assassin revient toujours sur les lieux de son crime.

À ce moment, Valfred ouvrit complètement les yeux et regarda le télégraphiste d'un air réprobateur.

— Halvor n'a rien d'un assassin, Mortensen. Il a tout bonnement eu la malchance de se tromper entre un cochon nommé le Roi Oscar et son compagnon Vieux-Niels. Et si t'avais vu le cochon et Vieux-Niels ensemble, j'te fiche mon billet que tu lui reprocherais pas cette bévue.

Mortensen essaya de répliquer, mais Valfred le devança.

— J'ai connu autrefois un maître coiffeur à Slagelse. Il a égorgé sa femme parce qu'elle avait nettoyé les vitres avec un schnaps millésimé.

Mortensen renifla :

— Alors, quel rapport ?

— Ben si, justement, y a un rapport. Parce que si elle ne s'était pas gourée entre ce schnaps d'Ålborg et l'alcool dénaturé, son cou serait encore aussi intact que le mien et le tien aujourd'hui.

— Mais c'est l'homme qui lui a coupé le cou, protesta Mortensen, ce n'était pas elle l'assassin !

— D'accord, d'accord, reconnut Valfred, personne ne l'a accusée de meurtre, non plus. Mais vu qu'elle s'était trompée et que c'est pour ça qu'elle a été assassinée, c'était quand même davantage sa faute que celle du coiffeur.

Mortensen plissa les yeux et se mit à méditer sur l'implacable logique des réflexions de Valfred. Le petit Pedersen remplit la pause.

— Sérieusement, c'est vrai qu'il a mangé son compagnon ?

Pedersen n'était que depuis deux ans sur la côte et ne connaissait pas l'histoire en détail.

— Avec la peau et les poils.

Mads Madsen hocha la tête, péremptoire.

— Même qu'il restait à peine assez d'os pour faire un enterrement convenable. Il a toujours eu un putain d'appétit, cet Halvor. Mais comme Valfred a eu la sagesse de le dire, tout le monde peut se tromper, et nous sommes mal placés pour condamner un homme pour le simple fait qu'il a par erreur bouffé son compagnon. Et, que je sache, personne n'a jamais dit de mal d'Halvor, même si tous, on aimait bien Vieux-Niels, qui soit dit en passant aurait mérité un meilleur destin et une plus longue vie.

On laissa là les mérites d'Halvor, et les hommes restèrent silencieux un temps, contemplant le merveilleux spectacle de la *Vesle Mari* qui, son capitaine jurant dans le tonneau, s'approchait lentement de la côte.

Quand elle se fut presque libérée de la barre de monceaux de glace qui emprisonnait l'eau de la côte, le Comte sortit la tête et appela les hommes pour un café accompagné de petits gâteaux.

2

Halvor

... où l'on retrouve ce bonasse Norvégien qui, on s'en souvient, avait, suite à une insigne erreur, mangé son colocataire Vieux-Niels en lieu et place de son cochon le Roi Oscar par un regrettable soir de réveillon.

Les chasseurs venaient de finir leur café quand accosta la yole de la *Vesle Mari*. Ils étaient retournés s'affaler sur le banc devant la maison, et, la bouche un peu pâteuse du tenace parfum de cannelle des gâteaux concoctés par le Comte, ils regardaient le capitaine Olsen et Halvor monter vers la station.

Olsen n'était que sourires et regards attendris. Il salua d'un hochement de tête tous ceux qui étaient alignés et montra Halvor du doigt.

— Voici une vieille connaissance, commença-t-il. Halvor de Hauna parti en exil pendant quelques années.

Olsen fit une pause savante et redressa le dos.

— D'ailleurs, il est monté gratuitement cette année, dit-il, suffisamment clairement pour que tout le monde comprenne bien.

Ils voyaient au visage du vieux loup de mer qu'il

était ému de sa propre générosité. Personne n'avait jamais, à ce jour, navigué gratis sur la *Vesle Mari*.

Halvor leur serra la main, l'un après l'autre. Chaque fois qu'il voyait un visage inconnu, il se présentait et attendait poliment que la personne en question se présente à son tour. Il y avait quelque chose de doux, voire d'humble chez Halvor, quelque chose qu'on ne lui connaissait pas. Et il avait un tout petit peu de mal à regarder ses vieux amis dans les yeux.

Quand il eut fait le tour de l'assemblée, il prit la place qu'on lui fit sur le banc, puis fixa d'un air rêveur le gravier devant ses pieds. Olsen, lui, entra dans la pièce et prit une chaise. Il la posa à côté de Valfred qui mettait toute son énergie à se reposer. Avec beaucoup de soin, Olsen se cala une chique, ôta sa casquette et épongea son crâne chauve avec.

Valfred s'était retourné et gisait, la tête reposant dans une de ses paumes. Il regardait Halvor avec bienveillance et souriait de toutes ses gencives. Valfred avait en effet laissé ses dents du commerce à Fimbul parce qu'il savait que la période de la venue du bateau offrait plein de nourriture en conserve, de mastication aisée, ce qui rendait superflue l'usure de la précieuse porcelaine.

— Alors, petit Halvor, dit-il affectueusement, te voilà enfin de retour parmi nous. Et t'es le bienvenu. J'ai toujours eu comme le sentiment que t'allais revenir un de ces quatre vu que t'as, comme qui dirait, toujours appartenu à toute cette liberté qu'on a, ici, chez nous.

Halvor regarda Valfred avec reconnaissance. Le revoilà à sa vieille place, à rabibocher passé et avenir. Comme ses voisins de banc, Anton et Herbert, il sent le soleil qui, ici dans le nord-est du Groenland, réchauffe si différemment d'ailleurs. Et la forte luminosité l'oblige à fermer à demi les paupières et à contempler tout à son aise la grosse bedaine vêtue de noir d'Olsen.

— Ben oui, c'est comme ça, murmura Olsen. Voyage gratuit, voilà à quoi il a eu droit, nourri, logé, et tout et tout.

Il leva le regard vers l'assemblée et répéta :

— Et tout ça, absolument gratis.

Devant l'absence d'approbation face à cet altruisme exceptionnel, il ajouta :

— C'est pas que je ressente le besoin de monter ça en épingle, mais vaut quand même mieux que vous le sachiez par moi que par Halvor.

Lasselille, qui n'avait jamais entendu dire qu'Olsen ait fait quoi que ce soit sans contrepartie, était ébahi :

— Absolument gratis, tu dis, Olsen ?

Le marin tourna son visage enjôleur vers le jeune homme. Il rayonnait d'autosatisfaction, il flagorna presque Lasselille.

— Ouais, fils, pour pas une thune, garanti.

Mads Madsen s'était levé, les mains dans le dos et sa nouvelle pipe à la bouche.

— Ça m'a l'air suspect, murmura-t-il, mais si tu le dis, je suppose que c'est vrai.

Il repensait au prix exorbitant qu'il avait dû payer en d'autres temps à Olsen pour rapatrier Emma, la vierge froide.

Olsen se renversa sur sa chaise. Il se frotta les mains le long de ses cuisses habillées de noir, se sentant presque un peu embarrassé de toute cette sympathie qui montait vers lui.

— Quand un homme est dans la merde jusqu'au cou, c'est le devoir élémentaire des autres de l'en sortir, dit-il, même s'il faut aller jusqu'à le tirer par les cheveux. Halvor a eu comme un passage difficile. Il avait perdu le nord, si je peux me permettre. Et maintenant, il fait des études pour devenir curé.

Olsen essuya à nouveau son crâne en sueur.

— Quand j'ai entendu ça, j'ai pensé qu'il valait mieux le ramener ici.

Mads Madsen se tourna vers Halvor.

— C'est vrai tout ça, Halvor ?

Halvor hocha la tête et fixa le bout de ses bottes.

— Je n'ai pas encore tout à fait fini, mais j'ai été l'assistant du curé à Honningsvåg pendant quelques semaines, ce printemps, et c'est là que je me suis rendu compte que j'avais oublié quelque chose ici.

Il regarda Mads Madsen.

— Seulement, j'arrive pas à me souvenir quoi.

Fjordur, qui avait remplacé Vieux-Niels et Halvor à Hauna, hocha la tête.

— Y avait un fusil et une demi-caisse de cartouches, du 12, quand je suis arrivé à Hauna. Plus deux paires de kamiks [1] et du bois, de quoi faire huit pièges, dans le grenier. Tout ça, tu l'as oublié quand t'es parti.

Halvor secoua la tête.

— Je me souviens du fusil et des kamiks, et je crois même que le bois avait été scié et qu'il ne restait plus qu'à assembler les pièges. Mais c'est pas ça qu'j'ai oublié, j'en suis sûr.

Mads Madsen fronça les sourcils. Il remit les mains dans le dos et se mit à marcher de long en large devant les autres comme c'était son habitude quand il pensait. Peut-être Halvor ne tournait-il pas encore très rond. Mieux valait garder un œil vigilant sur lui tant qu'il resterait à Kap Thompson.

---

1. Kamiks : bottes en cuir de phoque des Eskimos.

— P'têt' ben qu'tu devrais faire un tour jusqu'à Hauna pour voir si t'arrives à te souvenir de c'que t'as oublié, dit-il. Ton histoire de bondieuseries, là, on s'en mêlera pas, tant que tu laisses tout ça là-bas en bas à Honningsvåg.

Halvor se racla la gorge, un peu gêné.

— Je crois que j'aimerais bien rester ici un hiver, dit-il, si vous n'avez rien contre.

— Ah !

Mads Madsen aspira les bouts de sa longue moustache dans la bouche et les suça énergiquement.

— Hum, hum, ah bon. Naturellement tu peux rester. Y a de la place pour tout le monde ici. Curé ou pas curé. Un métier peut être aussi honnête qu'un autre, j'suppose. Tant qu'on garde le goût de vivre, et que par ailleurs on gonfle pas le voisinage. Hum, oui, j'suppose que même pour toutes ces histoires de religion, faut un minimum ?

Valfred se redressa à moitié et agita mollement une de ses mains.

— Moi, j'ai connu un curé autrefois, dit-il, non, pas comme ça personnellement, vu qu'il était quand même un peu plus que nous autres quand il était perché pour ses sermons. Eh oui, je suis même allé une fois à l'église, juste comme ça, pour voir comment c'est. J'ai toujours dit qu'il faut essayer un maximum de choses pendant qu'on est en vie, histoire de ne pas mourir idiot. Je suis allé à l'église sur la recommandation d'un apprenti boucher qui s'appelait Frederiksen. Il venait de Ringsted, mais c'était pas de sa faute. Un chic type, ce Frederiksen, même s'il était terriblement bigot et qu'il allait à sa putain de messe deux fois plutôt qu'une, et ça tous les dimanches.

Valfred se renversa en s'appuyant sur les coudes.

Il regarda le ciel, mâchonna d'aise une ou deux fois et poursuivit :

— Un dimanche, je suis allé à la grand-messe, juste comme ça pour voir si c'était un truc pour moi. Et je dois avouer que côté chansons c'était assez réussi. On était là, même qu'on aurait presque eu envie de chanter avec, si ç'avait pas été une des bonnes femmes sur le balcon qui chantait comme une bagnole qui démarre pas en hiver. Par contre j'ai pas vraiment saisi l'histoire du curé. C'était un cran au-dessus de ce que j'arrive à capter. J'crois qu'il faut être très versé dans la croyance pour encaisser ce genre de choses. Et puis tous ces trucs à faire... Là c'était la déconfiture intégrale pour moi, vu que j'étais pas au courant. Comme par exemple quand tout le monde a eu l'ordre de se lever pour prier. Toute la paroisse a bondi pour se mettre au garde-à-vous. Et moi j'avais pas vu parce que j'avais la tête penchée entre mes genoux, les mains jointes, occupé que j'étais à me souvenir de toutes mes forces du *Pater Noster.* Alors Frederiksen m'a chuchoté, un peu agacé : « Lève-toi, crétin, lève-toi pour le Seigneur ! » Et je me suis dressé comme l'éclair, vous imaginez, j'voulais pas avoir l'air plus tarte que les autres.

Valfred hocha la tête d'un air attendri à ce souvenir. Puis il secoua la tête.

— J'arrivais pas à remettre la main sur mon *Pater.* J'étais tout le temps quelques strophes derrière les autres. Et avant que j'aie eu le temps d'en finir, toute l'assemblée s'était laissée retomber sans que personne en ait donné l'ordre, pendant que moi je restais debout avec la queue de ma prière. Hé, hé, qu'est-ce qu'ils ont pu me regarder ! Et Frederiksen m'a tiré la manche en me sifflant : « Assieds-toi, imbécile, assieds-toi par tous les diables ! »

Valfred passa une main sur son crâne et gratta les quelques cheveux qui s'accrochaient encore désespérément à sa nuque.

— Non, fréquenter l'église, c'est trop pour moi, j'trouve. Faut sûrement, comme dit Mads Madsen, avoir la tête faite pour ça.

Il se renversa dans la bruyère avec un soupir, ajusta le blouson du Lieutenant sous sa tête et ferma les yeux.

On ne savait pas vraiment où caser Halvor, compte tenu qu'il n'était pas venu en véritable chasseur. Il était revenu pour chercher quelque chose qu'il avait oublié, mais il ne se rappelait plus ce que c'était, et il n'avait plus aucun lien avec la Compagnie. Mais il était le bienvenu et fut invité dans toutes les stations. Bien sûr, c'est Fjordur qui le pressait le plus à venir puisque Hauna était l'ancien foyer d'Halvor, et qu'Halvor avait encore un certain nombre de choses qui l'attendaient là-bas.

Cependant, Halvor déclina dans un premier temps toutes ces gentilles invitations. Peut-être à l'arrivée de l'hiver leur ferait-il une visite à tous. Mais d'abord, il voulait faire un petit tour dans la nature pour essayer de se souvenir de ce qu'il avait oublié.

Cela semblait raisonnable. Et maintenant qu'on savait qu'Halvor allait passer l'hiver ici, plus rien ne pressait.

Mads Madsen proposa qu'Halvor installe son camp de base dans la cabane de Cap Elizabeth, laquelle était vide depuis que le chasseur Don Svendsen en était parti, bien aidé par son boa. Halvor accepta cette offre avec reconnaissance, et fut bouleversé par les cadeaux dont les copains le couvrirent.

De Kap Thompson il reçut, en prêt, la yole à moteur de la station. Mads Madsen estimait que William le Noir et lui pouvaient très bien se débrouiller avec la petite yole à rames seulement. Bjørken prêta à Halvor son sac de couchage et lui offrit, de la part de ceux de Bjørkenborg, une casserole et un réchaud.

Siverts apporta sa contribution avec un sac entier de farine de seigle et quatre boîtes de levure sèche, et les chasseurs de la Cabane du Vent laissèrent à Halvor un Remington avec des cartouches ainsi que tout un baril de pétrole.

La yole d'Halvor fut ainsi bientôt chargée jusqu'à la gueule. Le Comte et Volmersen se présentèrent avec cigares et vin à étiquette, le Lieutenant promit quatre chiens quand Halvor passerait par Fimbul, et Valfred déposa deux bouteilles d'eau-de-vie de myrtille dans les mains du Norvégien émerveillé. Tout le monde participa, à la mesure de ses ressources, au séjour d'Halvor, qui sentit une grosse boule se nouer dans sa gorge devant la générosité de ses amis.

Après les petites festivités d'usage, Halvor appareilla un beau matin avec sa yole lourdement chargée. Il mit cap vers l'est pour sortir de la longue et étroite baie de Thompson. Assis à l'arrière de sa yole, il huma l'air frais du matin, en aspirant au plus profond de ses poumons.

Halvor se laissa aller à la méditation. L'accueil de ses compagnons avait été remarquable, vu son passé dans le nord-est du Groenland. Comme chaque fois qu'il repensait au meurtre de Vieux-Niels, Halvor eut des palpitations. Il sentit la culpabilité familière l'envahir, et sa main se crispa sur le gouvernail. Il pensa aux explications des médecins qui avaient excusé son meurtre, et il pensa aux professeurs au séminaire qui, au nom de Dieu, lui pardonnaient parce qu'il regrettait son crime.

Mais regrettait-il vraiment ? Comment pouvait-il regretter quelque chose qu'il avait fait sans s'en rendre compte ? Simplement parce que Vieux-Niels était devenu le Roi Oscar, et le cochon Vieux-Niels. Ça c'était passé ainsi à l'époque. Comment pouvait-il regretter quoi que ce soit dans ces conditions ?

Ces pensées s'attachaient à le maintenir dans son passé calamiteux. Mais les impressions que lui procurait sa vue allaient à l'encontre de cette mélancolie. Il ressentait physiquement la beauté du fjord, et fut envahi par un sentiment de bonheur qui le fit trembler. Tout d'un coup, il découvrait quelque chose de beaucoup plus grand que lui, de plus grand que toutes ses pensées confuses et décourageantes, de plus grand que tous les médecins et que tous les curés, oui, de plus grand que ce Dieu qu'il avait présenté aux pêcheurs d'Honningsvåg. La merveilleuse image du fjord qui s'étirait comme un étroit chemin argenté, les basses montagnes presque verticales, couvertes de bruyère rouge-brun, les taches blanches de neige et les stries des ruisseaux qui tressaient leurs fins filets dans un filigrane étincelant entre les rochers. Tout cela, Halvor l'embrassait d'un coup, dans une longue série d'instants qui duraient chacun une éternité. Pendant ces instants, Halvor eut le sentiment d'exister vraiment, d'être bien réel, et qu'il allait maintenant trouver ce qu'il avait oublié. Sa main autour du gouvernail se détendit. Loin à l'horizon, une bordure de glace blanche s'étirait comme un épais fil de laine grossière. Le fjord était long, si long qu'Halvor se mit à penser à l'éternité, et puis ses pensées retournèrent à Dieu, qui lui aussi était éternité.

Halvor aimait bien Dieu. Et il avait le sentiment que Dieu n'avait rien contre Halvor Rånesen. Mais leur amitié était sans contact, sans relation directe, et Halvor trouvait cela décourageant. Si seulement il avait pu trouver Dieu et parler avec lui, comme il avait pu parler avec Vieux-Niels avant que celui-ci devienne bizarre !

Halvor secoua la tête et força ses pensées à prendre d'autres directions. Si seulement il arrivait à se souvenir de ce qu'il avait oublié ! D'abord il voulait aller jusqu'à Cap Elizabeth et s'y installer. Ensuite il ferait un vrai long voyage dans tous les districts. Il irait dans le fjord du glacier et resterait quelques jours à écouter le grand fracas du glacier qui se rompt. Puis il ferait cap vers les Montagnes Apitoyantes où Vieux-Niels et lui avaient toujours ramassé des œufs pour les grogs de l'hiver. Ensuite il rendrait visite au Comte et à son nouveau compagnon, il boirait du vin à étiquette et donnerait un coup de main à la ferme expérimentale. Non, les occupations ne manqueraient pas. Si seulement il arrivait à se débarrasser de son sentiment de culpabilité, cela pourrait sûrement devenir un merveilleux hiver.

Halvor navigua toute la journée. Quand la nuit arriva, il mouilla à la hauteur des Îles aux Bœufs. Il trouva une petite baie où l'eau était tellement claire qu'il pouvait voir les petites morues polaires brouter les algues du fond.

Halvor se prépara du thé sur le réchaud, mastiqua longuement quelques tranches du pain aux raisins secs du Comte et s'allongea sur une peau de renne au fond du bateau. Il entreprit de respirer lentement et profondément. Aspirant le bon air frais au plus profond de ses poumons, il se sentit bientôt calme, presque dans un état second. Puis, la fraîcheur de la nuit se glissa autour de son corps, sensation retrouvée et bienvenue. Et, avec un petit sourire heureux, Halvor Rånesen s'endormit.

Une fois Halvor parti de Kap Thompson, les chasseurs discutèrent son cas au cours d'un déjeuner mitonné par le Comte, déjeuner qui consista en une soupe de poisson d'inspiration italienne, *Zuppa de Pesce*, morceaux de morue polaire et de saumon bouillis dans du vin, agrémentés d'oignons, de tiges d'angélique, poudre de safran, poivre fraîchement moulu et assaisonné d'une goutte d'essence de citron. Dès les premières gorgées de ce mets divin Bjørken se lança :

— Si je me réfère aux quelques connaissances que j'ai collectées, dit-il d'un ton qui se voulait modeste, je présume qu'Halvor souffre toujours d'un dédoublement de personnalité, ou de ce que je pourrais appeler pour vous une double conscience.

Il fit une pause et jeta un coup d'œil glacial à Museau qui avait déposé sa cuillère et tentait de quitter la table en douce.

— Un exposé scientifique n'intéresse apparemment pas mon compagnon de station, lança-t-il, sarcastique.

Lodvig, qui avait passé quelque temps à l'hôpital pour faire soigner sa hernie, se leva et tira la marmite avec la soupe de poisson à travers la table.

— C'est curieux, dit-il, parce qu'il n'y a rien de plus intéressant que les choses de la science. C'est qu'on a appris pas mal à ce sujet quand on a été opéré.

Lodvig hocha la tête d'un air entendu et remplit son assiette de soupe. Puis il s'adressa au petit Pedersen :

— Au fait, est-ce que je t'ai déjà montré mes cicatrices, Pedersen ?

Pedersen secoua la tête, et Lodvig s'empressa d'oublier la soupe. Il se leva et défit sa ceinture. Pedersen inspecta avec intérêt la strie rouge et légèrement renflée qui s'étirait comme un coup de fouet en travers de la bedaine de Lodvig.

— Jolie cicatrice, Lodvig, dit-il, très intéressant, enfin, je trouve !

Valfred déposa sa cuillère. Il regarda Lodvig d'un air désapprobateur.

— Tiens, cette histoire de montrer ses cicatrices au cours du repas me rappelle un homme que j'ai connu autrefois.

Il rota l'air qu'il avait avalé avec la soupe, instant que Bjørken essaya de mettre à profit, rapide comme l'éclair, pour se replacer dans la conversation.

— Comme j'ai dit tout à l'heure, Halvor est un excellent exemple de fractionnement de la conscience.

Il joignit les bouts de ses doigts et se racla la gorge, erreur tactique qui consacra le retour de Valfred. Valfred qui secoua sa cuillère :

— T'as sûrement raison, Bjørk, hé, hé. Halvor, il est comme le cul, fendu au milieu. Tout comme celui dont je parlais tout à l'heure.

Bjørken renonça, et Valfred continua :

— Habituellement, c'était un homme gentil et raisonnable, du genre qui ne se fait pas remarquer. Il était apprenti boucher à Slagelse et s'appelait Douzaine, rapport au fait qu'il était le douzième de la famille. Puis il a été opéré en catastrophe d'une méchante appendicite, et c'est là qu'il s'est coupé en deux, comme Halvor. Il était tellement impressionné par sa cicatrice qu'il la montrait à tout va. Tous les employés de l'abattoir devaient inspecter la cicatrice tous les jours pendant le déjeuner, et cela dégénéra bientôt en une curieuse exposition d'art. Parce que c'était comme si Douzaine, comme on l'appelait, faisait école. Une nouvelle mode, consistant à montrer ses cicatrices, se créa. On eut rapidement le sentiment que la moitié de Slagelse avait eu la visite de Jack l'Éventreur, vous savez, le célèbre écorcheur anglais.

Valfred se remplit rapidement de quelques cuillères de soupe de poisson. Et enchaîna :

— J'ai jamais réussi à me faire à cette mode des cicatrices. J'ai toujours préféré manger tranquillement dans des conditions agréables. Alors un jour, j'ai réuni tout ce camp de nudistes et je leur ai demandé s'ils voulaient voir ma cicatrice à moi, histoire d'en finir avec cette expo.

Le Lieutenant Hansen se pencha à travers la table, surpris.

— Parce que t'as été opéré, Valfred ? Ça je savais pas.

Valfred leva son assiette et but quelques copieuses gorgées. Ensuite il s'essuya la bouche d'un revers de sa manche de chemise et hocha la tête.

— Des hémorroïdes, dit-il avec sérieux, même qu'elles étaient grosses comme des œufs de pigeon.

Grâce à Valfred, on avait réussi à échapper à un des interminables exposés de Bjørken, et enfin on se mit à parler de tout et de rien. Museau, qui était resté dehors sur le banc, fut rentré dans la maison, et installé à table pour le plat de résistance, d'origine italienne lui aussi, et nommé par le Comte *Bistecca alla Fiorentina*, ce qu'on peut approximativement traduire par rôti de bœuf mariné. Plat servi avec un vosne-romanée qui plongea l'avocat Volmersen aux confins de l'extase.

— Ce vin, déclara le compagnon du noble, c'est le roi des bourgognes. Regardez, mes amis, comme il joue d'un violet tendre comme du velours dans la lumière, humez son parfum, et comme il glisse son jeune corps contre le vôtre, le caresse et s'unit avec vous !

Volmersen leva son verre, ravi, et cria, tout à son inspiration :

— Est-ce que la vie peut être plus belle qu'en cet instant ?

Il but. Resta un instant, les yeux fermés, à vaciller contre la table. Puis il chuchota, à peine audible :

— Maintenant, je peux quitter ce monde parce que, maintenant, j'ai tout vécu.

C'est seulement au cours du voyage de retour que Bjørken eut l'occasion de développer sa théorie autour du fractionnement de conscience d'Halvor. Museau était placé près du moteur pétaradant et se voyait ainsi avec bonheur privé de conférence. Lasselille, en revanche, était installé à la proue et s'imprégnait avec avidité des mots du maître.

— Tu vois, mon ami, dit Bjørken sur un ton doctoral, quand Halvor a bouffé Vieux-Niels, il était déjà devenu deux hommes. Le premier, nous allons l'appeler *a* pour faciliter les choses, et le deuxième *b*.

Lasselille était bouche bée.

— Comment tu peux savoir ça, Bjørk ? Où était Halvor, alors ?

— Halvor, Lasselille, on va l'appeler *x*. Et maintenant nous voyons que $a + b = x$. Une formule simple, comme tu vois. Et maintenant nous allons, tous les deux, analyser *a* et *b* pour arriver à trouver ce *x* inconnu.

Bjørken passa l'intégralité des neuf heures du trajet en bateau à mettre la personne *a* au clair, une nuit et onze heures encore à défaire les nœuds du *b*. Et, avant d'avoir la grande cheminée noire de Bjørkenborg en vue, il pouvait également présenter, avec un sourire légitimement satisfait, le *x* maintenant bien identifié à son disciple.

— Halvor est dans certaines situations encore à moitié fou, dit-il en guise de conclusion, mais l'hiver et l'aide de tous ses amis le feront parvenir à la guérison. Et la guérison, c'est ce qu'il a oublié et dont il n'arrive pas à se souvenir.

Lasselille ne le contredit pas. Il ne lui donna pas raison non plus. Vu qu'il dormait, assis raide à la proue, la bouche grande ouverte.

3

La pipe

... où les non-fumeurs trouveront un nouvel argument pour leur croisade : le tabac peut occasionner des yeux au beurre noir.

Une fois la *Vesle Mari* déchargée et les peaux de l'année stockées à bord, on ramena les aussières et mit le cap sur l'Europe. La plupart des chasseurs poussèrent un soupir de soulagement au spectacle de la colonne de fumée noire disparaissant au loin sur les glaces. Maintenant la grande paix coutumière allait à nouveau reposer sur le pays, et le reste du monde vivre pendant l'année à venir sans la participation du nord-est du Groenland.

La troupe de Kap Thompson se défit rapidement, chacun se sentant tout à coup pressé de ramener ses provisions et de s'adonner aux tâches de l'automne. Le Comte et Volmersen empruntèrent à Mads Madsen un chaland et demandèrent à Bjørken de les tirer jusqu'à Grover Bay qui se trouvait être sur son trajet. Le plan était que Lasselille, cet automne-là, irait aider les pionniers de l'élevage à monter leur enclos et à attraper leur cheptel de bœufs musqués. Il rentrerait avec la neige et la première glace à Bjørkenborg en faisant le trajet à ski.

Mads Madsen était aux anges avec sa nouvelle pipe. Taillée dans une racine de bruyère rougeâtre et brillante, elle avait un tuyau galbé et un fourneau qui contenait assez de tabac pour une demi-heure de volupté. Il en munit instantanément le bout d'un joint en caoutchouc d'un bouchon de récupération pour qu'elle n'échappe pas à ses dents, lesquelles n'avaient plus la même force ni une prise aussi sûre qu'autrefois.

Assis sur la quille de la yole retournée sur la plage, Mads Madsen trouvait la vie vraiment merveilleuse. Il était propriétaire d'une pipe toute neuve et d'une paire de jumelles. Il avait eu l'occasion d'escroquer à Bjørken les fabuleuses jumelles télescopiques que celui-ci, pour sa part, s'était procurées en cédant ses droits sur Emma à Lodvig. Naturellement, les jumelles avaient quand même coûté quelque chose : une peau d'ours et un revolver de poing qui, pendant des années, avait été placé en tir automatique sur l'Île aux Bécasses. Mads Madsen regarda vers William le Noir, qui, lui, suivait des yeux la yole de Siverts, le dernier à avoir quitté la station. William était un bon compagnon, de l'aveu même de Mads Madsen. Un peu superficiel, peut-être, un tantinet débile sans doute, mais propre et assidu, et, de plus, excellent boulanger. Personne n'avait l'art de faire des petits pains de blé ou du pain au saindoux comme William. Sans parler de ses merveilles, ses biscuits à la cannelle et ses fourre-tout au rhum. William avait là un grand talent, et Mads Madsen ne le décourageait jamais sur ce point.

Ils avaient déjà vécu ensemble pendant plusieurs années, ces deux-là. En paix et en bonne entente.

Mads Madsen en tant que chef de station et William le Noir comme équipier. Il n'y avait pas souvent eu de brouilles entre eux, ce qui d'après Mads Madsen tenait au fait qu'il était un chef plein de bon sens qui se contentait de diriger et non de commander. En plus, William était toujours plein d'idées dont il faisait part généreusement autour de lui sans se rendre compte que cela lui coûtait parfois cher.

Ils étaient bien ensemble. Pouvaient passer de longues nuits d'hiver, à table, à discuter d'événements passés ou à faire des projets d'avenir. Ils chassaient ensemble, se partageaient de façon équitable les terrains et les tâches ménagères chaque mois. Et en ce moment où il rêvassait, à califourchon sur la yole tirée hors de l'eau, Mads Madsen n'arrivait pas, malgré toute la force de son imagination débridée, à croire qu'il pourrait un jour y avoir quelque malentendu d'importance entre eux deux.

Cette année-là, la glace mit longtemps à figer devant les îles de Kap Thompson. De plus, ce fut une année exceptionnellement riche en morses se rassemblant à la Pointe de Koo. Il y en avait tellement que William et Mads Madsen traversaient la montagne pour les voir. Ils avaient largement assez de viande dans les dépôts, et voulaient, histoire de se changer les idées, étudier le comportement du gibier.

Les morses étaient intéressants à regarder. Ils se renversaient dans les flaques de dégel et manifestaient un esprit de communauté et de famille tout à fait émouvant. Les opulentes femelles faisaient téter leurs petits, beuglaient et grognaient, et, au-dessus de l'île, on pouvait observer un brouillard léger dû à la respiration des animaux.

— C'est impressionnant, murmura Mads Madsen.

Il avait observé bien souvent cette scène, mais se laissait emporter de la même manière chaque fois. William et lui étaient installés loin au-dessus de l'eau et ils avaient une vue imprenable sur les morses.

— T'as déjà vu quelque chose d'équivalent, William ?

William jeta un bref coup d'œil à son chef de station.

— C'est-à-dire qu'on a un peu de mal à voir tout en détail à partir d'ici, dit-il.

Mads Madsen rigola fièrement.

— Ha, ha, ha ! Oui, t'as raison, faut des jumelles pour arriver à tout voir.

Il caressa affectueusement les longs tuyaux noirs sans pour autant les décoller de devant ses yeux.

Naturellement, William brûlait d'envie d'emprunter les jumelles. Il avança plusieurs fois la main, se racla fortement la gorge et murmura même quelques mots que Mads Madsen choisit gentiment de ne pas entendre. Parce que Mads Madsen avait acheté les jumelles. Elles étaient à lui, d'où son droit de décider quels yeux devaient en profiter. Et, en l'occurrence, ce n'étaient pas ceux de William le Noir.

Loin au-dessous d'eux, la houle frappait contre la falaise avec une telle violence qu'ils la sentaient à travers le granit. Des plaques de glace d'un calibre imposant se dispersaient en dérivant entre la terre ferme et les îles, voguant tels de grands draps empesés entre les têtes noires des morses.

— Il doit bien y avoir cinq cents bêtes, estima Mads Madsen. Peut-être même un millier.

Il ajusta la visée sur un grand mâle avec une seule défense.

— Au fait, tu savais qu'il y a un os dans la tuyauterie du morse ? demanda-t-il.

William ne répondit pas. Il regarda hargneusement la nuque de son compagnon et grogna « enfoiré » d'un coin de la bouche. Regarder avec les jumelles devenait presque une obsession. Il en avait eu le droit une seule fois, en tout et pour tout, et ce jour-là il n'avait même pas eu le temps de régler les jumelles que Mads Madsen exigeait déjà qu'il les lui rende.

— Si, si, continua Mads Madsen, de bonne humeur. Sûr qu'ils ont des os dans le machin. Vieux-Niels s'était fait un tabouret avec ce type d'os. Pour y reposer ses jambes pendant qu'il lisait pour le Roi Oscar.

Pour mieux voir encore, il se pencha au-dessus du surplomb sur lequel ils se trouvaient. Au cours de cette manœuvre, la poche de son anorak se détacha du sol et ce qu'elle contenait glissa en avant.

William le vit. Il vit la pipe rouge-brun de Mads Madsen briller entre le rocher et le tissu gris de l'anorak. Et il vit la pipe continuer à glisser hors de la poche pour enfin faire de l'équilibre, sans arriver à se décider, au bord du surplomb. C'est seulement au moment où elle prit son élan pour quitter définitivement le rocher que William se décida à parler, avec une délectation difficilement réprimée dans la voix.

— Eh ben dis donc, Mads Madsen, j'ai comme qui dirait l'impression que tu viens de fumer ta dernière pipe.

Mads Madsen recula un peu et fixa son compagnon.

— Que diable veux-tu dire par là ?

William montra les profondeurs du doigt.

— Je veux dire que si t'arrives à régler cet appareil ridicule, à la vitesse grand V, t'as peut-être encore le temps de faire un dernier adieu à ta nouvelle pipe. Elle vogue quelque part en bas au milieu des morses.

— Quoi ?

Mads Madsen se redressa rapidement sur les genoux. Il plongea son poing dans la poche de son anorak et eut l'air extraordinairement déconfit quand il le retira vide.

— Ma pipe, gémit-il, putain, où est ma nouvelle pipe ?

— En bas, dans la bassine, répondit William le Noir.

Mads Madsen se pencha. Il régla les jumelles et chercha longuement. Soudain son corps tressaillit.

— La voilà, grogna-t-il, les dents serrées. Rideau. Putain de bordel, va !

— Tu la vois vraiment ?

William effaça son rire malin.

— C'est quand même incroyable que des jumelles arrivent à grossir à ce point-là. Mais d'un autre côté, faut dire que t'as vraiment eu le temps de t'entraîner aux réglages vu qu'elles sont restées rivées devant tes bleuets depuis qu'tu les as.

Mads Madsen recula. Il regarda son compagnon avec gravité.

— C'est une catastrophe, dit-il. Vu que j'ai renvoyé la vieille pipe au Danemark. J'en ai plus aucune.

— Mais tu as tes jumelles, le consola William. Cet hiver tu pourras les utiliser pour étudier mes ronds de fumée à moi, en gros et dans les détails.

— Mais tout un hiver sans pipe, geignit Mads Madsen, c'est pas possible, je ne supporterai pas. Heureusement que t'as encore la tienne !

— Oui, et pour sûr, j'en suis très heureux.

William fouilla dans la poche de son anorak et en retira sa pipe.

— Faut dire qu'elle n'est pas mauvaise non plus, cette pipe, Mads Madsen. Celle-ci aussi peut se fumer une bonne demi-heure avant de s'éteindre.

— Ça fera donc un quart d'heure chacun, suggéra Mads Madsen, soulagé.

L'hiver était sauvé pour peu qu'il reste une pipe. Il claqua les jumelles et se leva. De la poche de son pantalon, il sortit sa blague à tabac en peau de phoque.

— Tu peux la bourrer avec mon tabac à moi, William.

William remit la pipe dans sa poche.

— Non merci, Mads Madsen. En fait, j'ai pas vraiment envie de fumer.

— Mais moi, oui.

William regarda vers les morses.

— Alors, quel dommage que ta pipe se trouve là-bas en bas ! T'aurais quand même dû faire plus gaffe avec.

Mads Madsen regarda son compagnon, incrédule.

— Tu veux dire que tu me prêtes pas ta pipe ?

— J'ai pas encore décidé, répondit William. Comme tu sais, y en a des qui n'aiment pas prêter leurs jumelles. Dans ce cas, ça ferait pas curieux si y en avait des qui veulent pas prêter leur pipe.

Ça faisait plus de trente ans que Mads Madsen était un fumeur de pipe invétéré. Il avait donc du mal à imaginer de se faire à de nouvelles habitudes. Impensable pour lui, comme l'aurait fait William le Noir, de se rouler une cigarette avec du papier journal ou de se fabriquer un ersatz de pipe avec de l'argile, de la pierre de savon ou du bois échoué sur la plage. Non, ce qu'il lui fallait, c'était un bout de bakélite entre les dents et une bonne tête de bruyère pour son tabac.

Il faut dire à la décharge de William qu'il s'abstenait de toute provocation quand il fumait sa propre pipe. Il plaignait même sincèrement Mads Madsen en le voyant marcher de long en large, mâchonnant nerveusement un crayon. Il lui aurait même volontiers prêté sa pipe de temps à autre, mais il n'arrivait pas à oublier les mots de Mads Madsen lorsqu'il avait défendu son monopole sur les jumelles :

— Ce qu'on possède, mon cher William, on le possède. Et on ne le prête pas, même à son meilleur ami, si on veut rester amis.

William s'en tint à cette doctrine. Jamais il n'aurait voulu mettre en péril sa vieille amitié avec Mads Madsen.

William fumait sa pipe. Dedans comme dehors. Le soir, il envoyait de grands ronds de fumée vers le plafond noir de suie, et, dans la journée, à l'extérieur, il tenait à distance les derniers moustiques obstinés. C'était en fait comme si la pipe était encore plus savoureuse maintenant que c'était un privilège de pouvoir fumer. Mads Madsen le regardait avec aigreur. Mais il ne demandait rien, se limitant à s'éloigner des ronds de fumée quand William était présent. Mais dès que William sortait, Mads Madsen sautait sur la table et aspirait les nuages bas avec fébrilité.

L'été vira à l'automne. Les cimes des montagnes étaient maintenant blanches, et le vent soufflait une neige légère jusque dans les vallées qui avaient l'air d'avoir été saupoudrées de sucre candi. Les fjords gelaient la nuit, mais le soleil de la journée arrivait encore à faire fondre la fine glace de ses rayons.

Mads Madsen et William entreprirent de sortir les pièges à renard des cabanes annexes et de les vérifier.

Mads Madsen était en train de tailler de nouvelles baguettes pour tendre les pièges, assis sur le toit pentu de la cabane annexe, quand William sortit sa pipe et se mit à la bourrer. Le regard fixé sur son couteau, Mads Madsen demanda :

— Nous pourrions peut-être faire un marché, William ?

William le regarda, l'œil scrutateur. La proposition n'avait rien d'inattendu.

— Quel genre de marché ? demanda-t-il, l'air innocent.

— Eh ben, c'est-à-dire... oui, voilà, t'as cette pipe, et moi j'ai des jumelles. Et tu aurais bien aimé emprunter les jumelles, n'est-ce pas, et moi j'ai envie de la pipe. Tu piges ?

William secoua la tête.

— Pas vraiment. Faudrait voir à t'expliquer un peu mieux.

Les doigts de Mads Madsen se crispèrent autour du couteau.

— Humm, c'est pourtant assez simple. Tu veux échanger ta pipe contre les jumelles télescopiques ?

William enfonça le tabac de son pouce et alluma. Il leva la pipe, la frotta légèrement contre son nez, histoire de la graisser un peu, puis la polit avec son pull islandais jusqu'à ce qu'elle brille. Il secoua la tête.

— Non, Mads Madsen, j'ai pas l'impression d'en avoir envie, répondit-il lentement. Une pipe, c'est quelque chose dont on ne peut pas se passer tout un hiver.

— Mais quand même, des jumelles télescopiques, mec !...

Mads Madsen était outré. Pour son compte personnel, il trouvait son offre franchement au-delà des limites de la décence.

— Des jumelles comme ça, ça vaut plus que cinq pipes comme la tienne, grogna-t-il.

— Pas impossible.

William remit la pipe à la bouche et la ralluma.

— Mais pour le moment elle a pas de prix. Et qu'est-ce que tu veux que je fasse avec tes jumelles ? C'est bientôt la période noire, et à ce moment-là, de toute façon, on voit que dalle dans tes tuyaux. À l'inverse, la pipe me donnera bien des satisfactions. Elle me stimule quand je suis fatigué et transi, elle est de bonne compagnie au cours des voyages, quand je suis bloqué par le mauvais temps dans une cabane de chasse, ou encore en visite chez des amis. Une telle pipe ne peut pas s'évaluer en termes d'argent. Dommage que t'aies perdu la tienne, Mads Madsen.

Force fut à Mads Madsen de reconnaître qu'il y avait du vrai dans le raisonnement de William. Il tripota, découragé, l'étui des jumelles. Puis, il poussa avec résolution son précieux bien vers William.

— Prends-les, dit-il. Si tu me laisses fumer une pipe de temps en temps, les jumelles sont à toi.

William prit l'étui. Il l'ouvrit et sortit les jumelles.

— Ben, j'sais pas, murmura-t-il, c'est que j'ai pas vraiment besoin de ce genre de machin. Mais si t'as vraiment à ce point besoin de fumée, je peux presque pas me permettre de te priver du plaisir de me fourguer ces cochonneries.

Il déploya les tuyaux et en profita pour observer Mads Madsen à la dérobée. Mais quand il vit l'expression du chef de station, il retourna vite fait l'instrument, histoire de repousser Mads Madsen à une distance stratégique.

— Bon alors, disons que t'auras le droit de fumer une pipe tous les samedis, quand nous sommes à la maison, décida William.

— Et les dimanches, tenta Mads Madsen.

— Pas question. En échange des jumelles, ce sera tous les samedis, à condition que tu jures sur ton honneur de me rendre la pipe dès qu'elle est terminée.

Mads Madsen hocha la tête, résigné.

— J'suppose que ce sera comme tu voudras, dit-il doucement, vu que la pipe est à toi.

— C'est bien vrai, ça. La pipe et les jumelles, rigola William.

Il envoya, jovial, un nuage de fumée au-dessus du toit de la cabane annexe.

Cela fut décidé un jeudi après-midi. Les jumelles devinrent propriété de William, et il en était tellement content qu'il les emmenait au lit le soir en se couchant. Il les mettait sous son oreiller pour éviter que Mads Madsen ne les lui vole au cas où il regretterait leur accord.

Le vendredi n'en finissait pas. L'idée de pouvoir fumer une pipe le lendemain était tellement étourdissante pour Mads Madsen qu'il n'arrivait pas à vraiment se concentrer sur un travail quelconque. Il errait dans la maison, les yeux fixés sur sa première bouffée de fumée.

Le soir, après le repas, il reniflait sans vergogne la fumée de William, histoire de se donner un avant-goût des bonheurs du lendemain. William allait obligeamment à la rencontre des besoins de Mads Madsen, et envoyait d'épais nuages de fumée âcre au-dessus de la table pour satisfaire son chef de station.

Le samedi venait de poindre. Journée calme,

temps clair, gel conséquent. Mads Madsen se leva deux heures plus tôt que d'habitude. Il prépara du café et tartina du pain de blé, et il mit de l'eau-de-vie sur la table, ce qui pourtant n'était pas d'usage à Kap Thompson.

William sortit de sa couchette et se laissa servir. Quand il fut rassasié et à l'aise, il sortit la pipe du fond de son sac de couchage où elle avait reposé au cours de la nuit.

Mads Madsen la regardait avidement. Il lécha ses lèvres sèches et déglutit de nombreuses fois.

— Hum, alors, tu penses fumer un petit peu, William ? dit-il, la voix pâteuse.

— Un peu de fumée après le petit déjeuner, ça fait toujours du bien, acquiesça William. Dommage que t'aies pas de pipe, Mads Madsen, sinon j't'aurais passé un peu de mon tabac.

Il bourra la pipe, l'alluma et continua, tout en tirant sur sa pipe pour attiser la combustion.

— D'un autre côté, t'auras toujours eu la chance de ne pas avoir eu le temps de devenir esclave de ce vice.

Mads Madsen fixait la pipe, tétanisé.

— C'est samedi aujourd'hui, émit-il d'une voix rauque.

— Vraiment ? Incroyable comme le temps passe, répondit William. Bientôt ce sera les premières tempêtes, ensuite on aura la neige, et puis, Dieu me garde, ce sera déjà Noël. Et juste après Noël c'est le printemps et avant qu'on ait eu le temps de se retourner, la *Vesle Mari* sera à nouveau là.

William sortit la pipe de sa bouche et en pointa le bout vers Mads Madsen.

— N'oublie surtout pas de commander une nouvelle pipe, Mads Madsen, enfin, si tu as encore envie de fumer.

— C'est mon tour aujourd'hui, chuchota Mads Madsen. Tu te souviens bien sûr de notre accord ?

— Quel accord ?

William le regarda, étonné.

— Ah oui, c'est vrai, nous avions une sorte d'accord.

— Tu as eu mes jumelles.

— C'est vrai, oui. Tiens, je sais même pas où je les ai mises. Ce genre de machin n'est vraiment pas d'une grande utilité.

— J'avais droit à une pipe aujourd'hui.

William hocha la tête.

— C'est vrai, mais je fume d'abord la mienne. Si je me souviens bien, cet accord ne précisait rien au sujet du moment. Et quand on n'a pas l'habitude de fumer, il vaut mieux s'en abstenir au petit matin. Ça te ferait peut-être tousser tout le reste de la journée, p'têt' même que ça te donnerait des nausées ou des vertiges. Vaut mieux que tu attendes cet après-midi ou plutôt ce soir, avant d'aller te coucher. À ce moment-là, aussi, j'aurai fini de fumer pour aujourd'hui, et tu pourras te réjouir tranquillement de ta pipe.

— Seulement ce soir ?

— Oui, je crois que c'est mieux ce soir. En plus, à ce moment-là, tu pourras même t'installer dans ta couchette au cas où ça t'indisposerait.

Mads Madsen évita d'irriter son compagnon vu que celui-ci pouvait annuler le marché, si jamais cela lui venait à l'idée. Déçu, il murmura :

— Bon, ce sera comme tu voudras, William.

La journée traîna en longueur. Mads Madsen répara les attelages des chiens avec un entêtement rentré, ce qui fit aussi du bien aux attelages de William. William marchait en long et en large, parlant de tout et de rien, et fumant l'une après l'autre de savoureuses pipes savamment bourrées. Après le repas du soir, il proposa de taper les cartes, mais Mads Madsen préféra en être dispensé. Il savait par expérience que William adorait jouer aux cartes, et qu'il pouvait jouer une nuit durant. Mads Madsen s'excusa en prétextant une grosse fatigue et se coucha dans l'espoir que William allait faire de même.

Mais William avait maintenant une irrépressible envie de jouer aux cartes. Il se fit des réussites jusqu'à onze heures, sortit pour dire bonsoir aux chiens, alla chercher du charbon pour le lendemain et se prit, pour finir, une petite collation nocturne. Quand il se mit enfin au lit, il était une heure du matin. Il regarda Mads Madsen, qui avait sauté par terre dès que son compagnon s'était couché.

— Où est la pipe ? demanda Mads Madsen.

— Ah oui, la pipe, c'est vrai.

William plongea dans le sac de couchage et en sortit la pipe.

— En réalité, nous ne sommes plus samedi, objecta-t-il. Sauf erreur, t'as sauté une semaine.

— Mais tu voulais pas aller t'coucher !

Mads Madsen était au bord des larmes de dépit.

— Et je n'avais aucune chance avant que tu viennes te coucher, rajouta-t-il, hors de lui.

— Ouais, c'est pas complètement faux.

William lui passa la pipe.

— Et j'suis pas du genre à pas tenir mes promesses. Mais souviens-toi qu'il faut la rendre aussitôt après usage et que tu n'as le droit qu'à une pipe.

— Promis juré.

Mads Madsen attrapa la pipe. Il la porta jusqu'à la

table et sortit sa blague à tabac. William le regardait, curieux, à partir de sa couchette supérieure.

— Fais gaffe de ne pas te casser l'index, Mads Madsen.

Mads Madsen ne répondit pas. Il continua à bourrer la pipe jusqu'à la gueule. Cette pipe se devait de surpasser en durée tout ce qu'il avait connu auparavant. Quand il eut fini et contrôlé qu'il restait encore le minimum de tirage nécessaire, il craqua une allumette et l'amena au contact du tabac. Il aspira rapidement plusieurs bouffées, puis émit des petits nuages laineux. Il aspira longuement et profondément, à en faire disparaître la barbe de ses joues dans de profonds sillons. Étourdi, il s'assit sur une chaise. Il ferma les yeux et chuchota :

— Dieu Tout-Puissant, garde-moi toujours auprès de toi

William leva la tête.

— Tu t'sens pas bien, Mads Madsen ?

Pris de vertiges, le chef de station secoua la tête. Il ouvrit lentement les yeux et fixa, de ses yeux troubles, un point juste au-dessus de la tête de William. À peine audible, il chuchota :

— Divin, William, absolument divin.

4

Les pionniers de l'élevage

... où Lasselille, au terme d'un raisonnement dont il ne se croyait pas capable, se rue à quatre pattes à l'assaut d'un bœuf musqué.

Tandis que Mads Madsen tirait à en avoir des vertiges sur la pipe de William le Noir, le Comte, de sa couchette à Grover Bay, réfléchissait à sa ferme expérimentale. Le Comte se sentait nerveux et n'arrivait pas à trouver le sommeil. C'était comme si tout ce projet était en train de le dépasser.

Des semaines durant, ils avaient, avec l'aide de Lasselille, posé des centaines de poteaux pour la clôture, ce qui s'était révélé positivement épuisant. Parce que, dans le nord-est du Groenland, on ne peut pas se contenter d'enfoncer un poteau dans la terre de quelques bons coups de masse, du simple fait que de la terre, il n'y en a pas. Il faut monter un cairn de pierres autour de chaque poteau, puis le renforcer de trois pieds de contreventement... et prier le bon Dieu que le tout reste debout.

Lasselille s'était montré infatigable. Il avait peiné comme une bête de somme, enflammé qu'il était par la grandeur du projet, et bien souvent c'était lui qui avait ravivé les braises de l'enthousiasme quand celui-ci venait à faiblir chez le Comte et Volmersen.

Et voilà que l'enclos était enfin terminé. Vision étonnante : aussi loin qu'on pouvait voir de la station, les poteaux succédaient aux poteaux, jusqu'au moment où leur alignement infini disparaissait en descendant la colline vers la Rivière des Chiens. Tendues entre les poteaux, trois rangées de fil de fer barbelé brillaient et étincelaient au moindre rayon de soleil.

De sa couchette, le Comte revoyait tout l'enclos. Il touchait ses paumes devenues rugueuses et calleuses avec ce dur travail, et il se sentait un petit peu fier.

Ce qui inquiétait le Comte, ce n'était plus l'enclos. L'enclos était où il était, bien tendu et assez haut pour que les bœufs ne puissent pas passer par-dessus même quand il y aurait de la neige. Ce qui donnait des maux de ventre au Comte, c'était la capture à venir du gibier.

Autant Lasselille que Volle et lui-même s'étaient studieusement entraînés à l'utilisation des lassos qu'ils avaient fait venir. Mais c'était comme si le Comte manquait d'un petit quelque chose avec ces longues lanières de cuir. Il arrivait à faire tourner le lasso au-dessus de sa tête en larges cercles assez convenables, mais, quand il fallait le lâcher pour le jeter au loin, cela ratait à chaque fois. Soit le lasso s'affalait droit sur sa propre tête tout en continuant à tourner de façon incontrôlable, ce qui lui occasionnait de déplaisantes égratignures sur les oreilles, soit il se déployait bel et bien, mais jamais dans la direction qu'il avait prévue. Lasselille, lui aussi, avait un aspect clownesque avec son lasso. Il finissait toujours la corde tellement serrée autour de sa stature d'échalas qu'il lui fallait souvent l'aide de Volle et du Comte pour arriver à s'en démêler.

Seul Volmersen avait quelque talent. Lors d'un jet sur dix, il avait réussi à faire glisser la corde autour de Lasselille posant à cet effet, et avait ainsi prouvé qu'à force d'entraînement il pourrait arriver un jour à maîtriser cet art délicat.

Le Comte aurait bien aimé que Volmersen s'entraîne encore quelques jours. Mais la capture de Lasselille avait été si probante qu'elle avait donné à l'avocat une assurance qu'il valait peut-être mieux ne pas risquer de déstabiliser. C'est pourquoi il fut décidé qu'on irait, dès le lendemain, à la recherche des hordes de bœufs dans la Vallée d'Ymer, histoire d'en ramener un ou deux spécimens. Lasselille, qui avait participé à beaucoup de chasses aux bœufs musqués, devait diriger l'expédition.

Le Comte se retournait avec inquiétude dans sa couchette. L'idée de charger d'une si lourde responsabilité les frêles épaules de Lasselille lui donnait des angoisses. Il se redressa dans sa couchette et balança les jambes dehors, par terre. Sans un bruit, il avança sur la pointe des pieds vers la grande armoire d'angle où se trouvaient les vins à étiquette, et attrapa une bouteille sur la dernière étagère du bas, qu'il savait être un délicieux bourgogne 1929. Délicatement il fit sauter le bouchon hors du goulot, huma et se servit un verre.

Il avait à peine remis la bouteille dans l'armoire qu'il entendait la voix chuchotante de Volmersen :

— Amène-moi un verre.

— C'est un grover-bay 1929, chuchota le Comte.

— Est-ce qu'il a un effet sédatif ?

— Au plus haut point.

— Un grand verre alors, s'il te plaît, demanda Volle rasséréné.

L'expédition quitta Grover Bay dès après le café de la matinée. En plus du long lasso au nœud coulant, on emportait une ancre pliante, un casse-croûte et un panier avec quatre bouteilles de vin. De plus, Lasselille portait sur son dos un vieux Remington d'avant ce siècle. Excellente arme au demeurant que Bjørken lui avait offerte quand il avait eu fini son apprentissage.

Ils gravirent la Montagne de Grover, et, quand ils arrivèrent sur son dos dentelé, ils s'installèrent pour partager une bouteille de vin et étudier le terrain qu'ils découvraient.

— Je ne vois pas de bœufs, dit Volmersen un tantinet déçu.

Il enleva délicatement le bouchon de la bouteille et distribua les verres.

Le Comte laissa rapidement errer son regard sur toute la longue vallée en contrebas. Et ajouta avec un certain soulagement :

— Moi non plus.

Mais Lasselille, lequel était responsable de l'expédition, restait debout, à l'affût, comme découpé dans du granit. Il avait conscience de son statut de chef et essayait de mettre à profit toute l'expérience que Bjørken lui avait insufflée au cours des années. Très lentement, il déplaça son regard et laissa ses yeux ratisser la vallée de façon systématique, comme Bjørken le lui avait appris. Tout à coup il siffla doucement.

— Là-bas en bas. Là, juste au-dessus du lit asséché de la rivière, il y a une horde.

Le Comte et Volmersen regardèrent dans la direction indiquée, mais sans rien voir.

— Ils bougent très lentement, expliqua Lasselille, c'est pour ça que vous ne les voyez pas. Bien sûr, il faut une certaine expérience de ce genre de choses, vous comprenez ?

Il jeta le lasso à Volmersen et attrapa son fusil.

— Si tu te mets dans la vallée qui mène à l'enclos, Volmersen, et que tu te tiens prêt avec le lasso, le Comte peut monter du côté ouest de la vallée principale pour les rabattre au cas où ils essayeraient de s'échapper par là. Je vais pour ma part aller derrière la horde et tirer un coup de feu pour accélérer un peu les choses.

Volmersen regarda la bouteille.

— On pourrait peut-être avoir la permission de finir celle-ci d'abord, jeune homme, maintenant que nous l'avons commencée.

Lasselille ne répondit pas. Il continua à surveiller les bœufs pendant que le Comte et Volmersen savouraient le vin.

— Y a onze bœufs, leur précisa-t-il. Et d'après ce que je vois d'ici, y a deux veaux.

— Excellent, répondit Volmersen.

Se sentant revigoré par le vin, il se dit que les bœufs ne pouvaient finalement pas être de si grosses bêtes que ça, s'il n'arrivait même pas à les voir du haut de la montagne. Il acheva son verre, alluma un cigare et entreprit de démêler le long lasso.

Ils s'installèrent selon le plan de Lasselille. Le Comte marcha jusqu'à l'extrémité ouest de la grande vallée, par où les bœufs risquaient de s'échapper et de trop s'éloigner de la station. Volmersen se rendit dans l'étroite vallée qui menait vers la station. Cette vallée était faite comme un entonnoir dont le bout menait droit dans l'enclos. L'avocat s'installa stratégiquement au milieu de la vallée, tremblant d'excitation et tirant nerveusement sur son cigare.

Lasselille opéra un grand détour tactique derrière les bœufs. Il courut entre des morceaux de rochers éboulés, progressa comme une anguille à travers des mottes de bruyère, se figeant au moindre bruit dans la horde ; il manœuvrait de tout point de vue son corps maigre avec une virtuosité à même de susciter un murmure d'approbation, y compris chez Bjørken. En moins d'une demi-heure, il était en position et serra le chien de son Remington.

Le coup déchira la vallée silencieuse. Une gigantesque détonation qui roula longtemps entre les flancs des montagnes. Le Comte sentit ses doigts de pieds se recroqueviller en bouquet de violettes dans ses bottes, s'attendant au pire. Volmersen sectionna de ses dents son bout de cigare, et les articulations de ses doigts blanchirent tant il cramponnait son lasso.

Lasselille abaissa son fusil encore fumant pour juger de l'effet de son tir. Les bœufs broutaient toujours aussi paisiblement.

— C'est pas croyable.

Lasselille rechargea, et tira cette fois-ci juste devant un énorme taureau qui broutait un peu à l'écart des autres. Le taureau leva la tête et fixa avec intérêt la terre que le projectile avait soulevée. Curieux, il alla jusqu'au trou et grignota les brindilles que la balle avait cassées. Les autres bœufs ne manifestèrent aucune réaction.

Lasselille regarda incrédule des bœufs jusqu'à son fusil. Cela allait contre tout bon sens. En vertu de son expérience, les bœufs auraient dû, à l'heure qu'il était, être en train de galoper à bride abattue vers Volmersen, ou pour le moins en direction du Comte. Un tel coup de fusil était de nature à effrayer des morses, voire des ours blancs ; comment se faisait-il alors qu'il ne jetait pas le moindre désordre dans une horde de bœufs ? À ce moment-là, la responsabilité de la réussite de l'expédition pesa lourdement sur les épaules de Lasselille. Il s'assit sur une grande pierre couverte de mousse et entreprit de réfléchir.

Ainsi donc, le fusil n'avait aucun effet. Lasselille s'appuya contre le canon en regardant pensivement la horde. Qu'est-ce qui pouvait bien faire peur à ce genre de bestioles ? Des cris ? Des hurlements ? Probablement pas. Des chiens enragés ? Le chien est de la famille des loups, et le loup est le seul ennemi naturel du bœuf musqué. Bon sang, mais c'est bien sûr... les chiens allaient évidemment faire l'affaire ! Lasselille sentit une onde de chaleur traverser tout son corps. Maintenant, il arrivait même à raisonner pour prendre des décisions importantes. Grâce aux nombreuses conférences de Bjørken, cela allait sans dire. Des chiens allaient jeter un peu de vitesse dans ces créatures. Et comme il n'avait pas de chiens à portée de main, il lui fallait agir par lui-même.

Avec zèle, il posa son fusil contre le rocher et se laissa tomber à quatre pattes. Puis il grogna à titre d'essai. Satisfaisant. Si maintenant il arrivait à simuler une colère suffisante, aucun doute que les bœufs allaient bondir, à la sauve qui peut, en direction du lasso de Volmersen. Le grognement de gorge se transforma en petits jappements rageurs. Le taureau leva la tête et regarda autour de lui d'un air étonné.

Alors se produisit quelque chose qui sema la plus grande panique dans toute la vallée. Mais, pour éclairer cet événement, nous devons faire un saut à la station de télégraphe de Cap Rumpel.

5

Vacances

... où le lecteur verra Doc refuser ignominieusement de pédaler dans un moment critique, Mortensen fermer boutique au mépris de la plus élémentaire conscience professionnelle, assistera impuissant au massacre d'un vélocipède et sera convaincu des vertus du chablis 1931, fût-il élevé dans les chais du Comte.

Doc, alias Esajas Andersen de son nom de baptême, était probablement le seul sur la côte à assumer des tâches quotidiennes. Certes, la chasse aux renards et les travaux domestiques constituaient également des travaux à accomplir, mais qui n'étaient pas de nature à ne pas pouvoir être différés si par exemple il faisait mauvais, si l'on avait des sautes d'humeur, ou encore si d'autres tâches primordiales du genre visites ou petites fêtes s'imposaient.

Les responsabilités de Doc, elles, ne pouvaient en aucun cas être différées. Il était fournisseur en électricité pour le sans-fil du télégraphiste Mortensen, ainsi que messager dudit télégraphiste pour toute la côte, facteur et médecin.

Bien compréhensible donc que pour Doc son

temps soit si précieux et qu'il invente des combines pour raccourcir ses longues journées de travail. Parce qu'il vivait dans un constant besoin de jouer de la scie et de préparer le concert annuel que l'orchestre symphonique du nord-est du Groenland tenait chaque année pendant le mois le plus sombre.

Pour Doc, c'était sa troisième année à Cap Rumpel, et petit à petit il était devenu une sorte d'institution, les PTT de la côte, l'EDF et le Samu. Doc était un homme sur qui tout le monde comptait et personne ne se privait de presser le citron. On serait presque tenté de dire que ce débonnaire Fionien était positivement exploité dans les grandes largeurs, exploitation menée à un raffinement proche de la perfection par Mortensen. C'est pour cette raison que le télégraphiste fut durement touché le jour où Doc rua dans les brancards.

Difficile pourtant de voir là une authentique révolte. Plutôt la mise en œuvre déterminée d'un droit dont la légitimité frappa Doc brusquement.

Cela commença un soir où il était en train de pédaler sur la génératrice qui fournissait l'électricité à Mortensen. Mortensen était au beau milieu d'une passionnante partie d'échecs avec un autre radio-amateur, Donald Spikes, planteur de son état, installé cinq cents kilomètres en amont de l'embouchure sur la rivière Sepik en Nouvelle-Guinée. Mortensen venait de tenter une manœuvre particulièrement audacieuse avec son cavalier, ce qui surprit Mr. Spikes au point que ses mains tremblaient encore quand, trois minutes plus tard, il morsait en retour une manœuvre de diversion assez hasardeuse.

Les lèvres de Mortensen se déformèrent en un rictus féroce. Voilà qu'il réussissait enfin à faire baisser sa culotte à ce Spikes de malheur. Ha, ha ! Voilà que ce garde-chiourme d'esclaves faméliques allait en avoir pour longtemps les mains toutes tremblantes, là-bas en bas, dans sa brousse. Et pas à cause de la malaria cette fois-ci, nom d'un chien. Mortensen le mettait en échec avec la reine : il posa la main sur le manipulateur du télégraphe, paré à envoyer toute une salve de points et de traits de l'autre côté de la terre, quand le courant fut coupé.

— Doc, bordel ! hurla-t-il. Y a plus de courant. Avance, bonhomme, pédale, que diable !

Mais Doc ne voulait plus pédaler. Il quitta le vélo de la génératrice et alla dans la pièce principale où il s'installa devant la table. Mortensen déboula comme une bombe du local radio.

— Mais putain de bordel, qu'est-ce qui t'arrive ? Il en va de l'honneur de Cap Rumpel, vieux schnock.

Doc hocha la tête, désolé.

— Je regrette, Mortensen. Je regrette vraiment.

Mortensen le regarda, ébahi.

— Tu regrettes ? Qu'est-ce que tu veux dire, andouille ? Allez, vas-y, sors vite la quantité de kilowatts qu'il faut de ta putain de bécane pour que je puisse égorger ce maudit Spikes là-bas en bas.

Mais Doc ne bougea pas. Les yeux rivés au mur, sur lequel son instrument adoré était accroché par un clou. Un bref instant, il se demanda s'il allait jouer un morceau pour calmer Mortensen.

Le télégraphiste était écarlate de rage. Il saisit Doc par le bras et l'arracha à sa chaise. Le poing solidement arrimé autour du cou de Doc, il ramena ce dernier à sa génératrice et le réinstalla *manu militari* sur sa selle.

— Et maintenant tu pédales, bordel de merde, comme si t'étais au Tour de France, grogna Mortensen. Qu'est-ce que c'est que ces manières ?

Mais les jambes sportives de Doc, où les pinces à vélo maintenaient toujours en place le pantalon de marin, refusaient de pédaler. Il secoua la tête en regardant fixement par-dessus le guidon.

— J'te demande de m'excuser, Mortensen. Mais y aura plus de courant cette semaine. Je suis sincèrement désolé pour toi, mais j'peux pas t'aider. Parce que je prends des vacances.

Mortensen resta bouche bée.

— Quoi ?

— Je prends des vacances, répéta Doc, alors, tu comprends...

Il fit un geste de regret du bras, se leva et retourna dans la pièce principale. Mortensen, sur ses talons, le suivit, pas tout à fait sûr d'avoir bien entendu. Ils s'installèrent de chaque côté de la table et se dévisagèrent.

Une fois la première surprise passée, Mortensen dit, avec autant de contrôle sur lui-même que possible :

— T'as dit « vacances », Doc ?

— « Vacances », oui.

Doc se renversa sur sa chaise. Il étira ses cuisses de Zatopek sous la table et enfonça ses pouces dans les ouvertures de son gilet comme il avait vu Mads Madsen le faire quand celui-ci avait quelque chose d'important à expliquer. Puis, il dit :

— Tu comprends, Mortensen, tout à l'heure quand j'étais en train de pédaler, il m'est brusquement venu à l'idée que je n'ai jamais pris de vacances depuis que je suis à Cap Rumpel. Et ça, ça va pas du tout, évidemment. C'est pour ainsi dire irresponsable. Tout le monde a, comme on sait, droit à des vacances au bout de six mois de travail. C'est pas seulement un droit, c'est également un devoir. Je veux dire un devoir de prendre des vacances. C'est marqué quelque part dans la loi, et ce qui est marqué dans la loi, on ne peut pas le mettre sous cuisse comme ça, sans façons.

Mortensen hocha la tête plusieurs fois, et Doc continua :

— Comme je le disais donc, je me suis rendu compte que je n'avais jamais pris de vacances. Et ça, c'est illégal. J'ai un arriéré de vacances pour trois ans, et c'est pas rien. Et cela m'a fait penser que si je continue à tricher en ne prenant pas mes vacances, cela va s'accumuler et devenir presque irrécupérable. Au bout d'un certain temps, je me retrouverai avec toute une année d'inactivité. C'est atroce comme idée, n'est-ce pas, Mortensen ?

Mortensen hocha la tête, et Doc sourit, encouragé.

— Tu vois bien que ça va pas du tout. Et c'est pour ça que je me suis arrêté tout de suite.

— Mais tu crois pas que c'est un peu différent ici ? s'enquit Mortensen.

— Je crois pas. Ici, c'est un peu comme en mer. Et tu prenais bien des vacances quand t'étais en mer, pas vrai ?

— Après dix-huit mois on était forcé, avoua Mortensen, donc, c'est peut-être pas complètement idiot ce que tu dis. D'un autre côté, je n'ai jamais entendu causer de quelqu'un d'ici qui prenait des vacances.

— Moi non plus. Mais ça aide pas, répondit Doc. Maintenant il s'agit de prendre des vacances très rapidement de manière à ne plus avoir cette épée suspendue au-dessus de la tête.

Mortensen pensa avec un brin d'inquiétude à Mr. Spikes, là-bas en Nouvelle-Guinée, qui était certainement en train de tripoter, au bord du désespoir, les boutons de son émetteur pour rétablir le contact.

Mortensen regarda son compagnon de station, suppliant.

— S'il te plaît, Doc, tu pourrais pas ranimer les pédales juste quelques minutes ? Juste le temps d'assassiner Spikes là-bas en bas. Tu pourrais pas faire ça pour moi, pour notre vieille amitié ?

Doc réfléchit avec application. Puis, il se leva et alla poser une main sur l'épaule de Mortensen.

— Pour toi, je vais pédaler jusqu'au moment où tu l'auras fait mat. Mais ensuite, plus question de compter sur moi jusqu'à la fin de mes vacances.

Mortensen bondit sur l'émetteur. Et quand l'émetteur et le récepteur se mirent de nouveau à scintiller et à vrombir sous l'effet du courant, il appela Mr. Spikes et le mit mat en trois coups. Puis il ferma la station. Déconnecta l'interrupteur général et rangea le manipulateur dans un tiroir. Il retourna dans la salle de séjour où Doc était installé, prit une bouteille de rhum, la posa sur la table et dit :

— Cette histoire de vacances, Doc, c'est peut-être pas idiot. Putain, je crois bien que j'vais fermer la boutique et prendre des vacances avec toi.

Doc leva la tête avec un grand sourire. Mortensen était décidément un véritable compagnon, un vrai de vrai, sur qui on pouvait compter en toute circonstance.

Au bout de quelques verres de rhum, ils commencèrent à préparer leurs vacances. Mortensen proposa de les employer à peaufiner le concert, mais, à sa grande surprise, Doc avait de tout autres projets.

— Je trouve, dit-il, que nous devrions plutôt mettre à profit ce temps pour un voyage touristique. Tu n'as pas beaucoup bougé dans ce merveilleux pays, et je n'ai moi-même jamais eu le temps de m'en réjouir vraiment pendant mes déplacements pour le service. Que penses-tu de l'idée de faire un tour à vélo pendant une semaine, Mortensen ?

— Mais la glace n'est pas sûre !

Mortensen secoua la tête, sceptique.

— Ce serait bien entendu aussi divertissant qu'instructif, mais je ne crois pas que nous puissions déjà circuler sur la glace.

— Ce n'est pas mon intention non plus, répondit Doc. Nous irons à travers les terres. Nous traverserons la presqu'île et monterons rendre visite aux fermiers expérimentaux de Grover Bay.

— Peut-on vraiment aller si loin à vélo à travers les terres ?

Doc haussa les épaules et fit un geste de la main.

— Vélo ou pas vélo. On sera peut-être obligés de pousser un peu à certains endroits. Mais à partir de l'ancien lit de la rivière c'est un billard, comme la nationale qui mène à Odense, jusqu'à chez le Comte.

— À ce point ?

Mortensen réfléchit un moment.

— Tu crois vraiment qu'on peut monter jusque là-haut ?

— J'ai fait ce voyage plein de fois pour le service, avança Doc. Alors qu'en penses-tu ?

Mortensen claqua des mains et dit, avec un enthousiasme surprenant chez lui :

— Je suis partant. C'est une idée sensass, sur toute la ligne.

Les deux amis quittèrent Cap Rumpel à vélo dans la matinée du lendemain. Doc était assis sur sa selle, le pantalon de marin soigneusement enfoncé dans les bottes de cuir graissé. Mortensen prit place sur le porte-bagages, un coussin sous les fesses et le sac à dos commun de l'expédition sur le dos.

Cinq cents mètres plus loin, ils avaient perdu de vue les mâts de la station. Ils descendirent du vélo et entreprirent de le pousser dans la montée du Col du Renard, qui les ferait passer entre les Monts Rumpel et redescendre dans une vallée large et luxuriante orientée est-ouest.

Doc fit un large geste du bras, avec un air de propriétaire, et s'exclama :

— Voici, Mortensen ! Te voilà en pleine nature : qu'en dis-tu ?

Le télégraphiste Mortensen essuya les gouttes de sueur de ses sourcils et regarda. Il aspira profondément et regarda à nouveau. Les montagnes vers le sud s'élevaient comme autant d'immenses bastions imprenables. Elles donnaient l'impression de se suivre à l'infini. Au-dessus d'elles, un éventail d'ors et de rouges crevé par un nuage bleu-noir. Le sol gris-brun de la vallée s'étalait devant lui, traversé par d'innombrables petits ruisselets d'un brillant argenté. Autour de Mortensen régnait un grand silence. Ce grand silence de terre et de ciel et de mer qu'il n'avait jamais remarqué auparavant. Mortensen respira à nouveau profondément, s'enivrant à la vision de cette inconcevable réalité. Il fit glisser le sac à dos jusqu'au sol et dit, émerveillé :

— Ah ça, oui. Pour de la nature, c'est de la nature. C'est unique, Doc, unique.

Il s'assit, terrassé par ce spectacle grandiose et tourna la tête vers le fond de la vallée à l'ouest. Là, une grande montagne en forme de quille se levait vers le ciel. Son sommet était saupoudré de nouvelle neige et ses flancs couverts d'un étincelant tapis de bruyère violette. Mortensen s'éclaircit la gorge et, à la grande surprise de Doc, murmura plusieurs fois :

— Merci, merci...

Ils passèrent la nuit dans la vallée. Doc ramassa des brindilles et de l'herbe pour aménager deux agréables couchettes sur lesquelles ils étendirent leurs sacs de couchage. Mortensen, qui n'avait pas l'habitude de la vie au grand air, eut un certain mal à s'endormir. Mais cela ne le contraria pas : il contempla le ciel sombre où les nuages passaient lentement, à peine éclairés par la faible lueur des étoiles. Et Mortensen sentit la grandeur de toute chose, sentit la présence de l'espace céleste au plus profond de son cœur, et, à sa propre surprise — et son plaisir aussi — il se sentit aspiré par la nature, devenir une partie du ciel, des nuages, des montagnes, et de la terre sur laquelle il reposait. Quelque chose se mit à chanter en Mortensen. Le grand silence chantait en lui et Mortensen sut, sans le penser clairement, que ces vacances allaient durer bien plus longtemps que Doc n'aurait pu l'imaginer même dans ses fantasmes les plus incongrus. Pour la première fois Mortensen prenait de vraies vacances.

Après un voyage éreintant à travers la vallée, puis le long d'une crête de montagne basse et noueuse, ils arrivèrent enfin, au bout de trois jours, au lit de la rivière asséchée. Là, ils purent à nouveau enfourcher le vélo et, toutes voiles dehors, se rapprocher de Grover Bay. Ils venaient de franchir un angle droit et de passer une gorge que la rivière du printemps s'était creusée à travers une butte argileuse quand ils entendirent un coup de fusil.

Doc bloqua les freins, et Mortensen alla cogner de la tête contre les omoplates saillantes de Doc.

— On tire, constata Doc. Y en a qui tirent, Mortensen.

Mortensen hocha la tête et s'assura que rien dans son nez n'avait cassé. Le silence fut déchiré par un autre coup de fusil.

— Je me demande si y a quelque chose qui cloche.

Doc regarda Mortensen d'un air inquiet.

— Le Comte et Volle ne sont pas chasseurs, alors, qui tire ?

Il agrippa fermement le guidon.

— Tiens-toi bien, Mortensen, il faut voler à leur secours.

Mortensen posa les pieds sur les deux cales que Doc avait montées sur le moyeu arrière et passa les bras autour de la taille de Doc. Le tenace Fionien pédalait à en briser les tiges de ses bottes de cuir graissé. Le vélo prit de la vitesse, et Doc actionnait énergiquement la sonnette. Il vira, pénétra dans la vallée à toute vitesse et découvrit la horde de bœufs musqués et aussitôt après le jeune Lasselille qui, à quatre pattes devant un énorme taureau, était en train de grogner comme un chien enragé.

Si les bœufs ne s'étaient pas laissé impressionner par les coups de fusil et les aboiements de Lasselille, ils furent en revanche pris de panique à la vue de Doc et Mortensen à cheval sur une chose qui émettait des cris stridents. Le grand mâle brun agitait la tête avec inquiétude et se mit à bêcher la fine couche de terre arable avec ses pattes avant. Puis il s'élança d'un coup et se mit à galoper, avec toute la horde sur les talons, jusqu'à l'extrémité ouest de la vallée. Où les attendait de pied ferme un Comte surexcité. Il avait quitté son anorak de laine grise et l'agitait frénétiquement tout en hurlant à pleins poumons aux bestioles que c'était dans l'autre sens qu'elles devaient courir.

C'en fut trop pour le chef du troupeau : à la vue de ce grand échalas dégingandé faisant des moulinets avec son anorak, ses nerfs flanchèrent. Il fit demi-tour et retourna à bride abattue en direction des deux paisibles touristes.

Quand Doc le vit arriver, il flaira la catastrophe.

— Descends, Mortensen ! hurla-t-il. Ils reviennent, bordel !

Il était en fait tout à fait superflu de prévenir Mortensen. Il avait quitté le navire depuis un bon moment pour se mettre en sécurité derrière quelques énormes rochers. Il sortait juste le nez pour contempler le spectacle, pensant que ces vacances faisaient décidément partie des choses les plus extraordinaires qu'il ait jamais vécues.

Doc essaya de faire suivre le vélo, mais les bœufs étaient trop rapides pour lui. Quand il lui fut évident qu'ils allaient le rattraper, il lâcha sa monture et fit un bond jusqu'à Mortensen et ses rochers. D'où il assista à la fin tragique de son vélo.

Chez le taureau, constatant avec surprise que l'ennemi s'était lâchement couché comme s'il l'avait déjà frappé à coups de corne, la panique fit place à la rage. Il se rua sur le vélo, le retourna et enfonça les cornes dans les roues. Puis il leva le monstre au-dessus de sa tête et le jeta aussi loin que possible. Quelques taurillons se ruèrent sur l'adversaire terrassé, mettant un point d'honneur à faire aussi fort que leur chef. Le vélo, corbeille, sacoches et bagages inclus, fut mis en charpie.

Leur exploit accompli, les taureaux se remirent à brouter, comme c'est la nature de ces, somme toute, paisibles animaux. Doc et Mortensen coururent vers

Lasselille qui, ébahi, avait assisté au massacre du vélo.

Après cet échec, il fallut que l'expédition rentre à Grover Bay. Le moral était à zéro, tant chez les fermiers que chez Doc. C'est Lasselille qui souffrait le plus. Il prit conscience, en tant que chef d'expédition, de son échec et se mit à redouter le jour funeste où fatalement Bjørken entendrait parler de cette chasse. Doc porta le deuil de son vélo, lequel lui avait rendu de bons et loyaux services pendant trois ans, et aurait pu rouler à travers les étendues désertes pendant de longues années encore si le taureau ne l'avait pas transformé en un tas de ferraille tordue.

Le Comte et Volmersen étaient silencieux et pensifs, déjà absorbés à trouver de nouvelles méthodes pour capturer ces mastodontes préhistoriques à poils longs. Seul Mortensen avait gardé toute sa bonne humeur. Cette rencontre avec les bœufs avait, pour lui, été une belle aventure. La sauvagerie et l'absence de tact dont le taureau avait fait preuve participaient aussi de cette grandiose nature, et Mortensen ne pouvait guère comparer cela qu'à l'écume de l'Atlantique un jour de tempête hivernale. Oui, il y avait de la puissance et du tempérament dans la nature, sur terre comme sur mer, pensa Mortensen, et il ne pouvait pas s'empêcher d'exprimer son admiration pour cet animal téméraire qui s'était rué sur quelque chose d'aussi inconnu qu'un vélo.

Le soir, ils dégustèrent en silence l'escalope que le Comte avait servie, et tout le monde se coucha tôt. Le Comte passa une nouvelle nuit blanche. Il se tournait et se retournait, but du grover-bay 1929, mais n'en trouva pas la paix pour autant. Au bout d'un certain temps, il se releva, s'habilla et sortit de la maison.

Le lendemain matin, Lasselille faillit tomber à la renverse quand il sortit pour son expédition hygiénique du matin. Il en oublia non seulement de secouer, mais aussi de remballer tout ça tant il resta baba. Il se rua dans la maison où il cria, hystérique :

— Ils sont dans l'enclos ! Comte, Comte ! Ils sont tous dedans, le massacreur de vélo aussi.

Les hommes se bousculèrent jusqu'à la fenêtre ; là, derrière les barbelés, les bœufs étaient en train de brouter paisiblement. Le grand mâle s'était allongé contre une meule de foin que Volmersen avait mise à la disposition des vaches gravides ou des veaux. Le taureau soufflait lourdement en émettant des petits couinements plaintifs, ce qui faisait bizarre pour un animal de cette taille et de cette vaillance.

Volmersen sortit comme une bombe pour fixer l'événement pour la postérité avec son boîtier. Mortensen, Doc et Lasselille le suivirent. Seul le Comte resta à la maison. Il mit la table en chantonnant, tout en hochant la tête et en se félicitant de son trait de génie. Bien sûr, il aurait dû y penser bien avant d'entreprendre la capture des bêtes. Personne sur cette terre ne pouvait résister à son chablis 1931. Il avait un arôme long en bouche, et un bouquet à rendre affectueux et docile même le taureau le plus sauvage. Une petite bassine au fond de la vallée s'était révélée suffisante comme apéritif. Et un demi-seau dans l'enclos avait ferré l'attention complète de toute la horde. Le vieux taureau avait lapé jusqu'au moment où, dans un gazouillis, il s'était renversé sur le foin, et une bonne partie des vaches avaient même eu le temps d'y plonger le museau, si bien qu'elles se déplaçaient maintenant en titubant, faisant partager leur bonheur aux veaux non sevrés.

La violence, pensa le Comte, n'engendre que de la violence. Mais un chablis 1931 révèle ce qu'il y a de meilleur, chez les bêtes comme chez les gens.

6

Halvor et l'ombre

Ou les insolites retrouvailles d'Halvor et de Vieux-Niels.

Halvor était de temps à autre submergé par une sombre mélancolie pour le moins gênante. Ça lui prenait comme de subits maux de dents, et ça le travaillait et le rongeait au point qu'il n'arrivait plus à penser à autre chose. Ces jours-là étaient aussi insupportables que ces jours d'autrefois où il avait haï Vieux-Niels et son Roi Oscar. Mais maintenant, c'était comme si sa haine se tournait contre lui-même. Le vieux sentiment de culpabilité reprenait de la vigueur, épais et impénétrable, et assiégeait Halvor. Qui se noyait dans les vestiges du passé, gâchant ainsi l'un après l'autre les jours merveilleux qu'il aurait pu couler à Cap Elizabeth.

Des jours comme ça, Halvor restait dans la maison, rongé par l'amertume de son destin funeste. Il s'enlisait complètement dans l'apitoiement et le remords, et, comme cela lui était déjà arrivé, il se tournait alors vers le Très-Haut. Mais c'était comme si toute la sagesse de Dieu ne pouvait pas se frayer un chemin jusqu'aux pensées incontrôlables d'Halvor.

C'est après une période sombre et pesante de ce genre qu'Halvor décida de faire un voyage dans les différents districts pour rendre visite à ses amis. Peut-être la compagnie des autres pourrait-elle chasser l'ombre de Vieux-Niels. Oui, une ombre, c'est bien ce qu'il était devenu, Niels. Une ombre silencieuse qui marchait sur les talons d'Halvor, où qu'il aille. Halvor ne ressentait pas seulement cette ombre, il la voyait aussi.

Un soir, il était derrière la maison en train de débiter des blocs de charbon. Un de ces soirs, tard, où la lune brillait de sa lumière jaune et froide sur Cap Elizabeth. Halvor venait de déliter un gros morceau avec sa hache quand une ombre massive et quasi diaphane lentement glissa sur les morceaux de charbon. Halvor regarda avec surprise autour de lui. Il regarda vers le ciel, mais celui-ci était découvert. Il examina la maison, la montagne et les sacs de charbon amoncelés. Aucune ombre grise ne tombait de nulle part.

Lentement l'ombre vacillait au-dessus du charbon et, presque imperceptiblement, elle se mit à prendre forme. Halvor la regarda, le cœur battant la chamade. C'était Vieux-Niels ! Le gros ventre, les courtes jambes arquées, la barbe qui partait dans tous les sens, le crâne rond comme une boule de billard et la pipe, du genre brûle-gueule, dont il s'était toujours servi pour gratter distraitement le Roi Oscar sur le dos.

Halvor bondit avec un hurlement à moitié étranglé dans la maison. Il barricada la porte et s'affala sur une chaise, les mains toujours crispées autour de la hache. Une fois un peu calmé, après avoir bu du café noir et deux schnaps parfumés à la myrtille, il rassembla son courage et se glissa à nouveau derrière la maison.

L'ombre y était toujours. Elle était maintenant couchée à plat sur le toit de la cabane annexe, la pipe reposant sur la grande barbe, et Halvor aurait mis sa tête à couper qu'il voyait de la fumée monter du fourneau de la pipe. Il s'approcha lentement, sur la pointe des pieds, pour ne pas réveiller l'ombre dormante. Puis il se mit à rassembler les morceaux de charbon dans un seau, tout doucement.

— Alors, tu es de retour, Vieux-Niels, chuchota-t-il comme pour lui-même, tu veux sûrement me remercier pour ce qui t'est arrivé, non ?

Halvor gardait tout le temps un œil sur l'ombre. Il fallait éviter la panique. Si Niels était de retour, mieux valait rester en bons termes. Ils avaient vécu plutôt en bonne entente, autrefois, et, comme une vieille paire de chevaux de labour, avaient tiré chacun sa part sur le joug. Halvor redressa le dos. À haute voix, il dit :

— Alors, Niels, tu es là, j'y peux rien, faut donc que ça se passe le moins mal possible.

L'ombre bougea un peu et Halvor prit le seau avec détermination.

— Puisque c'est comme ça, il vaut mieux que tu rentres au chaud avec moi, ici le gel va te faire tomber les fesses, et tu risques d'y rester encore une fois.

Il hocha la tête vers l'ombre et retourna à la porte, d'un pas décidé. Ses yeux brillaient comme deux boutons nacrés et il avait un petit sourire figé aux coins de la bouche.

De quoi parlèrent-ils cette nuit-là, Halvor et Vieux-Niels ? Ils sont seuls à le savoir. Que ces événements soient parvenus jusqu'à nous, on le doit uniquement au fait qu'Halvor les confia, quelque temps après, à Fjordur, lequel, au bout d'un temps de maturation suffisant, rapporta cette incroyable histoire à tous ses amis.

Le froid arriva brusquement. L'espace d'une nuit, fjords et baies se trouvèrent pris, et la fine couche de neige émettait un bruit sec et crissant quand on marchait dessus.

Halvor s'était installé au mieux à Cap Elizabeth. Certes, la cabane n'était pas grande, mais quand même assez pour prévoir un bon hivernage. Il y avait une pièce dotée d'une cuisinière, d'une table, d'une chaise et d'une couchette. Et cela était, selon Halvor, tout ce dont un homme avait besoin. L'arrivée de Vieux-Niels n'occasionna aucune gêne. Il n'exigea ni chaise, ni couchette, ni repas. Il se collait contre le mur ou se couchait par terre, et se révéla en tout point d'un calme et d'une courtoisie du meilleur aloi. Difficile d'imaginer pensionnaire plus facile, pensa Halvor.

Quand Halvor constata que la glace était suffisamment épaisse pour permettre à nouveau la circulation, il détacha à coups de hache la yole de Kap Thompson et la tira à terre en s'aidant de quatre planches, de savon vert et d'un bras de levier. Puis il entreprit de chausser les skis de Don Svendsen équipés de peaux de phoque, parce que maintenant lui et Vieux-Niels allaient partir en voyage. À condition, bien sûr, que Niels veuille venir.

7

La mauvaise passe du Lieutenant

... où l'on sera pris de compassion pour ce bon Hansen, lâchement agressé là où il s'y attendait le moins, et devra se rendre à l'évidence : on est parfois obligé de faire appel au savoir-faire du spécialiste.

Lodvig et Pedersen n'étaient pas chez eux. Ils avaient laissé un message sur la table comme quoi ils étaient partis monter des pièges à renards dans la Baie des Hommes Morts, et qu'ils ne seraient pas de retour avant une bonne quinzaine au plus tôt. Le message était destiné à Halvor qu'on avait longtemps attendu. Halvor alluma un feu dans la cuisinière, fit cuire de la viande et s'installa pour dormir dans la couchette de Lodvig. Vieux-Niels coucha son ombre sur la table, et hocha la tête, déjà tout endormi, quand Halvor lui souhaita une bonne nuit.

Le lendemain, ils se mirent en route pour Kap Thompson, où Halvor voulait informer Mads Madsen de l'état du canot à moteur. Curieusement, seul le chef de station était présent à la maison. Il avait eu, raconta-t-il, une sérieuse dispute avec William, lequel avait quitté la maison, furieux.

Petit à petit, Halvor réussit à tirer les vers du nez de Mads Madsen. Celui-ci raconta la fin tragique de sa nouvelle pipe, les principes bien arrêtés de William sur le fait de prêter ou non, et finalement le pugilat quand lui-même, dans sa détresse, avait essayé de s'approprier la pipe de William à la force du poignet.

Mads Madsen était désespéré. Primo parce qu'il n'avait pas obtenu la pipe, secundo parce qu'il avait cogné son compagnon en pure perte.

— Si encore je pouvais fumer en compagnie de mes remords, dit-il, abattu, il y aurait au moins eu une sorte de raison à toute cette folie. Mais maintenant j'ai tous les remords et pas du tout la possibilité de fumer. C'est à peine supportable. Tu fumes, toi, Halvor ?

Halvor secoua la tête.

— Non, je n'ai jamais aimé le goût. Mais Vieux-Niels, lui, fume comme un pompier, jour et nuit.

Mads Madsen le regarda avec aigreur.

— Ça fait un bail que Vieux-Niels s'est arrêté de fumer, pourquoi remettre ça sur le tapis, ça ne règle pas mon problème à moi.

— Ouais, t'as sûrement raison.

Halvor comprit que Mads Madsen n'avait pas découvert l'ombre de Vieux-Niels, et estima plus raisonnable de ne pas attirer son attention là-dessus. Quant au conflit entre Mads Madsen et William le Noir, Halvor ne voulait pas prendre parti. Il lui fallait d'abord entendre la version de William. Il décida de s'installer chez Mads Madsen pour le consoler et lui tenir compagnie pendant quelque temps. Ensuite ils pourraient toujours, quand le temps serait mûr, faire un voyage ensemble jusqu'à Fimbul, la station la plus proche, où par ailleurs se trouvait probablement William.

— Quand le temps sera mûr, on pourra descendre ensemble jusqu'à chez Valfred et le Lieutenant, dit-il à Mads Madsen. Voyager chasse les problèmes.

Ce qu'Halvor voulait dire par « quand le temps sera mûr », Mads Madsen ne le saisit pas. Et même s'il brûlait d'impatience de ramener William, sa réponse tomba sans enthousiasme.

— On verra, dit-il simplement.

Mais, en son for intérieur, il commençait déjà à se réjouir à l'idée de ces retrouvailles.

On aurait dit que, cette année-là, les trois déesses Urd, Skuld et Verdandi avaient fait de sérieux nœuds dans les fils du destin de la population du nord-est du Groenland. Elles avaient passé trop de temps sous le frêne Yggdrasil à barboter et à jaser comme des canards, emmêlant les fils en un infernal sac de nœuds, ce qui devait se révéler lourd de conséquences pour les pauvres mortels concernés.

D'abord il y avait eu cette histoire avec la pipe de Mads Madsen. Puis cette surprenante ladrerie de la part de William qui déboucha sur une funeste bagarre où William laissa une dent sur pivot et une chemise presque neuve. Enfin cette fuite de William de Kap Thompson vers Fimbul où il se passa, le lendemain de son arrivée, quelque chose qui apporte de l'eau au moulin de la thèse de la négligence coupable des nornes [1].

Cet événement, qui sera conté dans le détail ci-après, constitua le premier de toute une série de faits

1. Dans la mythologie nordique, nom donné aux trois déesses qui tissent le destin des êtres humains. (*N.d.T.*)

hors du commun cette année-là. Et le narrateur tient, comme toujours, à rapporter les faits avec sa rigueur coutumière, et en reliant, dans ce cas précis, les événements qui se déroulèrent entre les 71° et 76° de latitude nord.

Outre celle du retour d'Halvor dans le nord-est du Groenland, et l'on peut se risquer à dire, celui de Vieux-Niels, cette année fut également celle des femmes. Événement tout à fait remarquable, compte tenu que la femme, dans cette partie du Pays des Hommes, est aussi rare et passe aussi peu inaperçue qu'un pingouin ou un zébu.

Que ce fût une insolite année de la femme vient pour une part de la verdeur insoupçonnée du Lieutenant Hansen, pour une autre de l'avarie d'un avion, et enfin du fait que Lasselille se mit, sous influence, à vivre avec des ombres de la préhistoire. Sans exagération aucune, on peut avancer que jamais par le passé — et probablement jamais à l'avenir — on ne vit les plages dans ce coin du monde grouiller de tant de femmes.

Le Lieutenant Hansen était aussi ponctuel que le carillon d'un hôtel de ville. À sept heures trente pile, les lobes de son cerveau émettaient un signal jusqu'à ses jambes comme quoi la nuit était achevée. Les jambes du Lieutenant pivotaient instantanément pardessus le bord du lit et s'abaissaient lentement jusqu'au sol. Ce jour-là, le bruit léger de ses pieds entrant en contact avec le sol suscita des murmures et des sourires béats chez Valfred et William, tous deux en sommeil profond, respectivement installés dans la couchette inférieure et sur le banc de la cuisine : Hansen atterrissait toujours avec une flexion savante des genoux.

Toujours en chemise de nuit, le Lieutenant se dirigea vers la cuisinière, raviva les braises, jeta une pincée de poussière de charbon sur les cendres, ouvrit grande la molette de tirage et mit à chauffer la casserole d'eau pour le café, gelée à cœur.

Une fois ce rite accompli, Hansen se débarrassa de sa chemise de nuit. Seulement vêtu de son long caleçon de nuit, de couleur brunâtre, de ses chaussettes et de sa gaine à bacchantes, il accomplit à ce moment-là sa gymnastique du matin ce qui, outre l'avantage de tenir le corps en forme, avait également celui de lui procurer une sensation de chaleur dans la pièce glaciale.

Hansen termina par des petits sauts d'un pied sur l'autre, des petits pas exquis, qui lentement le rapprochèrent de l'eau qui maintenant bouillait. Toujours sautillant, il versa l'eau dans la cafetière émaillée bleue, et c'est seulement à l'arrêt des petits sauts que Valfred entrouvrit un œil, en reniflant avec intérêt dans la pièce de son nez violacé.

— Ben dis donc, murmura-t-il en feignant la surprise. William, t'as vu ce bon Hansen ? Une fois de plus, il s'est levé le premier pour faire le café.

Hansen posa la cafetière sur la table et sortit le pain maison de la boîte à pain.

— Allez, debout là-dedans, faites votre gymnastique, vous deux, et que ça saute ! ordonna-t-il de bonne humeur tout en sachant très bien que s'il y avait une chose qu'il n'obtiendrait jamais ni de Valfred ni de son hôte, c'était bien qu'ils quittent une couchette douillette à sept heures et demie du matin pour sautiller autour de la table.

— Hé, hé !

Valfred rigola de la blague.

— Je crois en fait que je vais faire mon deuil de la gymnastique ce matin, petit Hansen. Et je ne crois pas non plus qu'il y ait beaucoup de vigueur chez William à une heure pareille. Mais si tu veux bien me balancer un godet de café et trois ou quatre tartines à la confiture de myrtilles, c'est pas impossible que j'aie envie de te tenir compagnie pour ce petit déjeuner.

Le Lieutenant Hansen tartina les tranches de pain et servit le café au lit à son chef de station. Valfred amoncela des coussins dans son dos et remercia chaleureusement. Ranimer William se révéla en revanche totalement impossible. Il dormait profondément et avec beaucoup de petits miaulements, comme un innocent bambin bienheureux, tout à ses rêves.

— J'dois dire, dit Valfred spontanément et la bouche pleine de confiture de myrtilles, que je n'ai jamais eu pareil compagnon. T'es incroyable, petit Hansen.

Il prit une gorgée de café et contempla le Lieutenant avec admiration.

— Comment fais-tu pour te réveiller à l'heure pile tous les matins ? Sacrebleu, c'est pas compréhensible pour les gens ordinaires. Comment diable fais-tu pour sortir du lit aussi habilement, j'veux dire d'un coup et sans aucune hésitation ?

— C'est l'entraînement militaire, répondit Hansen avec modestie. La discipline, Valfred, la discipline, c'est le maître mot.

— Ouais, c'est vrai, tu l'as déjà dit.

Valfred hocha la tête, bienveillant.

— La discipline, ça doit être vachement utile, là où ça accroche. Y en a des qui ont de tout autres habitudes, comme tu vois, des habitudes dont on ne se débarrasse pas très facilement non plus. Peut-être que c'est aussi une sorte de discipline ?

Le Lieutenant regarda par-dessus la table, l'air pensif. Que la propension au sommeil de Valfred puisse être cataloguée comme une discipline, il n'aurait su le dire. Mais si tel était le cas, alors on pouvait certifier que Valfred était particulièrement discipliné. Il ne se levait jamais avant dix heures, faisait la sieste à midi, l'après-midi et le soir et ne se couchait jamais très tard. Peut-être était-ce également une forme de discipline, mais à la caserne de Fredericia, on aurait plutôt assimilé ça à de la pure paresse.

Quand le Lieutenant eut débarrassé la table et fut sorti pour se délester des résidus digestifs de la nuit, Valfred se renversa dans la couchette, avec un soupir de satisfaction. Il tira la couette par-dessus sa tête et mâchonna d'aise de retourner dans le sommeil interrompu. La collation du matin que lui servait Hansen lui permettait de prolonger sans difficulté la nuit jusqu'à midi. Il n'avait par bonheur plus de problème de vessie.

Il faisait encore sombre quand Hansen sortit de la maison. Et le reste de la journée resterait assez sombre. On était arrivé à cette période de l'année où la lune et les étoiles prenaient le relais du soleil, ce dont elles s'acquittaient d'ailleurs fort mal.

Mais la période sombre ne dérangeait pas le Lieutenant Hansen. En fait, il aimait bien cette saison où tout se passait paisiblement et où on n'avait rien à attendre.

Le printemps était loin, on ne pouvait donc pas encore s'en réjouir. L'été, avec tout ce qu'il avait amené de petites contrariétés et de joies, était déjà si éloigné qu'on n'y pensait même plus. Et on venait de lâcher l'automne. L'automne était parti pour toujours, il n'y avait donc plus à s'en soucier. Maintenant, à la période sombre, on vivait pour ainsi dire dans l'instant. On prenait un jour après l'autre, un instant après l'autre, sans s'en faire pour le temps passé ni pour celui à venir.

Pour tout dire, le temps était un phénomène abstrait à Fimbul depuis qu'Hansen avait perdu sa montre de gousset dans la baie Dove l'automne précédent. En ce qui concernait la journée, on savait à peu près où on en était grâce au réveil automatique dans la tête d'Hansen. Mais à part l'agencement de la journée, on n'était franchement pas très au courant de grand-chose. Naturellement, on avait une petite idée en ce qui concernait le mois dans lequel on se trouvait, idem pour l'année, à peu de chose près.

Le Lieutenant Hansen était juste en train de secouer et de remballer sa tuyauterie quand un ruissellement voluptueux se glissa dans ses reins. Ce phénomène propulsa des ondes de chaleur tout le long de son épine dorsale, une chaleur qui se répandit comme un feu de prairie dans tout le corps d'Hansen. Ses doigts qui, engourdis par le froid, venaient d'ouvrir maladroitement les boutons du pantalon, se firent tout à coup brûlants. Hansen ouvrit grands ses yeux et les baissa, ahuri.

— Grand Dieu ! murmura-t-il d'un ton rauque.

Il s'examina soigneusement.

— Allons bon, qu'est-ce que c'est que cette histoire, maintenant ?

Malgré ses doigts qui vibraient de chaleur, il avait la plus grande difficulté à reboutonner sa braguette. Il regarda d'un œil inquiet autour de lui.

— Si on avait été au printemps, passe encore, chuchota-t-il pour lui-même, mais maintenant, au beau milieu de la période la plus sombre ! Ça, ça tombe vraiment mal.

Gêné par le subit changement de volume de son

bastringue, Hansen se dirigea à pas raides vers les restes, couverts de neige, de la réserve de munitions qu'il avait, quelque temps auparavant, volatilisée en même temps que le curé d'enfer. Il balaya de sa main la neige sur une poutre et s'y assit pour prendre la mesure de ce qui lui arrivait.

Il faisait froid. Mais le Lieutenant était entouré d'une aura presque lumineuse qui flottait comme un champ magnétique autour de son corps. Assis sur la poutre qui émergeait de la neige, il sentait un ronronnement étrange au-dessous de la ceinture. Selon ses habitudes, le Lieutenant essaya immédiatement de monter un plan de bataille.

Ceci était un ennemi qui, suite à une attaque surprise, avait investi un domaine privé. L'ennemi occupait désormais certaines régions du corps hansénien, ce qui à la connaissance du Lieutenant allait contre toutes les conventions. Les plans de contre-attaque ne confluaient que lourdement jusqu'au cerveau d'Hansen. Ils étaient contrecarrés par d'autres idées, beaucoup plus voluptueuses, celles-là. L'ennemi usait d'une stratégie psychologique qu'Hansen n'avait pas apprise à l'école de guerre de Fredericia. Ses vagues projets étaient rapidement étouffés par de radieuses pensées luxurieuses. Le flot de chaleur qui rayonnait à travers son pull islandais l'emportait dans une sorte de ravissement exalté. Une vague de bonheur, dont il avait une sensation très physique dans les régions envahies, lui fit tourner la tête vers le ciel noir du petit matin et élargir les narines jusqu'à les faire éclater. Un flot de pensées confuses, qu'il n'avait aucune chance d'endiguer, jaillit, balayant tout velléité de contre-offensive, et bientôt Hansen, toujours assis sur les ruines de la réserve de munitions, se trouva emporté loin des mondes qui lui étaient familiers. Le massif imposant de la montagne de Fimbul se mua en de rondes et souples formes féminines, et le fjord, couvert d'une glace d'un bleu brillant, devint un paysage de peau vivante et palpitante de chaleur. Dans la tête d'Hansen naquit alors un bruit exaspérant qu'il devait décrire plus tard comme « l'infâme roucoulement que les pigeons de la caserne de Fredericia émettaient en certaines périodes de l'année ».

Quand Valfred et William, une heure avant le déjeuner, sortirent de la maison, Hansen était toujours assis sur les ruines, à rêvasser. Valfred et l'hôte de la maison montèrent jusqu'à lui. L'un portait la cafetière et l'autre trois tasses, ainsi qu'une bouteille d'eau-de-vie à la myrtille.

— Bonjour, bonjour, petit Hansen. T'es apparemment occupé à philosopher aujourd'hui, hé, hé !

Valfred déposa la cafetière sur une poutre. Hansen hocha la tête, lointain, ses moustaches tournées vers le ciel.

William distribua les tasses. Valfred et lui se regardèrent d'un air entendu.

— Oui, voilà le café de onze heures et un petit en-cas, dit William le Noir.

Il versa du café et l'allongea. Puis, ce fut le silence. Valfred n'était pas du genre à vouloir s'imposer, et William, qui n'était après tout qu'en visite, observa également une grande discrétion. Ils sentaient tous deux que le Lieutenant avait quelque chose de privé dans la tête, quelque chose avec quoi il devait se débattre tout seul, et, quand ils eurent vidé leurs tasses pour la deuxième fois, ils ramassèrent le tout, tasses, cafetière et bouteille, et retournèrent à la maison.

À midi, le Lieutenant se trouvait toujours sur ses ruines. Et Valfred commença à s'inquiéter.

— J'espère que c'est pas le vertigo, dit-il à William, c'est une putain de maladie à avoir à la maison.

William hocha la tête, compatissant.

— Encore heureux que c'est pas contagieux, dit-il.

Valfred se gratta dans l'oreille.

— Ben, en fait, ça peut être un peu contagieux. Ça vous crée des atmosphères, ces choses, William, et c'est difficile de s'accommoder de trucs comme ça. Le genre de vertigo où les types restent juste assis en rêvant, c'est le pire. Le mieux, c'est encore quand ils fuguent un temps pour ensuite revenir tout frais.

Il alla repêcher son râtelier dans le bock de bière. Absorbé dans la profondeur de ses pensées, il le mit en place et le verrouilla avec la langue. Puis il s'assit lourdement à table.

— Une fois j'ai connu un type qui avait pris le vertigo. Il habitait à Hauna, mais c'était avant Vieux-Niels et Halvor. Il vivait là-bas, tout seul, et s'est chopé tout doucement un vertigo. C'était un homme étrange. Subitement, une nuit, il s'est réveillé avec son vertigo bien accroché. Puis il a mis les voiles.

— Où est-ce qu'il est allé ? demanda William avec intérêt.

— Personne l'a jamais su. Quelques jours avant, il avait eu la visite de Lodvig, mais à ce moment-là, il avait seulement un peu déliré et émis quelques souhaits bizarres, ce à quoi Lodvig n'a pas prêté outre mesure attention, bien sûr. Plus tard, nous avons compris qu'il avait des sensations. Ce qui menace finalement n'importe qui.

— Ah, ça, je sais bien.

William rigola.

— Ça m'arrive chaque année quand le soleil revient. Mais à ce moment-là, je vais au Cap Sud me faire réviser le compas.

Valfred secoua la tête.

— T'y es pas, William, c'était pas ce genre de sensations. Bon, le type à Hauna chargea sa yole sur le traîneau et ensuite il alla sur le Fjord du Roi Oscar jusqu'à la mer. À cet endroit-là, il renvoya les chiens à la maison, puis il partit pour l'Islande à la rame. Crébondieu. Siverts trouva les chiens et suivit les traces du traîneau. Mais le type était déjà loin sur la flotte.

William regarda la table avec gravité.

— C'est triste ce genre de vertigo. Est-ce que vous avez retrouvé son cadavre ?

— Son cadavre ?

Valfred le regarda avec surprise.

— Doux Jésus, Dieu nous en préserve, petit William. Le type est revenu avec la *Vesle Mari* l'année d'après. Il était simplement parti à la rame pour l'Islande parce qu'il avait été pris par une irrésistible envie de pâtisseries. Pendant des semaines, il n'avait pensé qu'aux gâteaux danois, dégoulinants de sucre et de beurre, passé des nuits blanches à ces gâteries. Puis, une nuit, le vertigo l'a pris et il est parti. Si seulement c'était de ce type de vertigo que souffrait le Lieutenant...

— Faut qu'on essaye de lui faire dire de quoi il retourne, dit William. À cause de cette putain de maladie, y a un paquet de bonshommes qui mangent maintenant les pissenlits par la racine.

Valfred se leva et sortit une épaule de bœuf musqué de l'armoire d'angle.

— Eh oui, il fallait que ça arrive tôt ou tard, dit-il. Un peu de vertigo, ça nous arrive à nous tous, un jour ou l'autre, alors pourquoi pas à Hansen ? Vaut quand même mieux le faire rentrer, peut-être que l'abcès percera.

William le Noir prit le seau à charbon.

— Je vais chercher de l'eau et du charbon, pendant que tu fais cuire les biftecks. S'il reste encore trop longtemps là-bas, il va geler et faudra rentrer la poutre avec.

Une fois les biftecks cuits, Valfred monta voir le Lieutenant.

— Si jamais t'as le temps, petit Hansen, y a des biftecks bien chauds à la sauce moutarde, de la bière maison et de l'eau-de-vie. Le tout est servi.

Le Lieutenant tourna lentement la tête vers son vieil ami. Il eut un hochement chagriné, comme si Valfred venait de lui annoncer un décès. Puis, il se leva lentement, fut secoué plusieurs fois par quelque chose que Valfred interpréta par erreur comme des frissons de froid, et se mit à marcher vers la maison à pas raides et les fesses bizarrement en arrière. Valfred le suivit de tout près, étudiant ce port inhabituel.

Ils s'attablèrent. Hansen raide comme un cierge et le derrière débordant à l'arrière du banc. Il mangeait mécaniquement, ne regardant ni Valfred ni William, ne parlant pas, bref, comme s'il n'était pas du tout là. À plusieurs reprises, pendant le repas, son corps fut secoué par ces mêmes « frissons ».

Valfred fripa les yeux.

— Dis donc Hansen, t'es pas malade, j'espère ?

Au bout d'un long moment, Hansen tourna les yeux vers Valfred. Et, à son grand étonnement, Valfred découvrit que ces yeux, qui avaient toujours fait penser à deux noirs canons de pistolets, étaient maintenant voilés, humides comme les yeux d'un daim et remplis d'une expression de langueur après quelque chose que Valfred n'arriva toutefois pas à déterminer.

Hansen posa son couteau.

— Si, Valfred, dit-il d'une voix cassée. Je suis un homme malade. Un homme marqué. Je suis atteint par quelque chose qui me dépasse.

— Par exemple !

Valfred lécha la graisse de ses pouces.

— Et ça te fait mal où, Hansen ?

— Je n'ai pas vraiment mal. Si je devais décrire mon état, je dirais que c'est plutôt l'inverse d'une douleur, répondit le Lieutenant.

— Ha ! Ça veut dire que ta maladie te fait du bien ?

— Pas si sûr.

Le Lieutenant regarda ses amis d'un regard fuyant. Il avança très légèrement les fesses et fut secoué d'un gigantesque frisson.

— Si, gémit-il, faut décrire ça comme faisant du bien.

Hansen resta affalé toute la journée dans son lit. Valfred le dorlotait avec du café et des petits pains de blé, pendant que William lisait à haute voix des passages d'un livre qu'il avait chapardé sur la *Vesle Mari*, *L'Esclave infidèle*, un livre qui avait été d'un grand secours pour l'équipage. C'est seulement dans la soirée qu'ils parvinrent à savoir ce dont il souffrait.

— C'est arrivé ce matin, expliqua-t-il. Je n'y étais pas du tout préparé, vous comprenez, c'est pour ainsi dire sans aucune défense que j'ai succombé.

Valfred avait traîné une chaise près de la couchette du Lieutenant. Il avait posé ses pieds enveloppés de ses grosses chaussettes au fond de la couchette inférieure et avait joint ses mains sur son ventre corpulent. William, assis à table, tripotait la couverture de *L'Esclave infidèle*.

— Sacrebleu, Hansen, murmura Valfred, là, t'as vraiment de quoi te bagarrer. Des complications dans le bas-ventre, ça peut occasionner des putains de désagréments, à moins d'être un Bochiman.

— Un Bochiman ?

Le Lieutenant regarda en bas vers Valfred avec étonnement.

— Oui, justement.

Valfred hocha la tête.

— J'ai connu une fois un marin de Slagelse qui avait fait plusieurs voyages en Afrique. Là-bas, il avait rencontré des Bochimans, et il affirmait qu'ils étaient en permanence dans ton état actuel. Pas de parasol pliant, chez eux, si tu vois c' que j'veux dire.

Il se ramona un peu la gorge et envoya le tout en un arc élégant dans la caisse à charbon.

— Mais bien entendu, faut dire qu'ils ont un climat tout à fait différent là-bas en bas.

— Climat ?

Cette fois-ci, c'était William qui le regardait d'un air étonné.

— Qu'est-ce que tu veux dire par climat, Valfred ?

— Ben, vous voyez, là-bas, il fait chaud toute l'année. Le marin que j'ai connu disait que ce désert où habitent les Bochimans, c'est comme une putain de poêle à frire, en plus grand. Si on fait tomber un œuf dans le sable, il est cuit dur avant qu'on ait eu le temps de le ramasser.

— Mais quel est le rapport avec ma maladie ?

Le Lieutenant était suspendu, la tête par-dessus bord, et fixait Valfred.

— Aucun, justement, répondit Valfred, c'est exactement ce que j'essaye de t'expliquer. Ici le machin rétrécit au point de disparaître avec le froid. Ça explique bien pourquoi les Bochimans ont cette maladie de façon chronique si on tient compte de la canicule dans laquelle ils vivent. Tu t'es chopé une maladie rare, Hansen, quelque chose d'unique ici, dans nos parages. Une sorte de maladie de Bochiman, voilà ce que c'est, pas de doute. T'es sûr que ça va pas déjà un peu mieux ?

Le Lieutenant recula un peu la tête, souleva la couette et jeta un rapide coup d'œil.

— Pas du tout, soupira-t-il. Qu'est-ce que je dois faire, Valfred ?

Valfred se leva. Il alla chercher une boîte de sardines à l'huile et l'ouvrit avec son couteau. Lentement et avec volupté, il avala sardine après sardine, pour enfin vider en une rasade la boîte de son huile. Puis il se renversa à nouveau sur sa chaise.

— Ça, petit Hansen, c'est une question délicate. Y en a qui arrivent à arranger ce genre de choses par eux-mêmes, comme qui dirait en mettant la main à la pâte, et ces gens-là arrivent sans façons à se soulager tout seuls et par-dessus le marché à en tirer un peu d'amusement.

Le Lieutenant se raidit dans sa couchette. Il ferma les yeux et répondit :

— Jamais, Valfred. C'est de l'onanisme, et ce genre de choses, très peu pour moi. En plus, ça peut entraîner à la fois la surdité et le dessèchement du cerveau, à ce qu'on m'a dit.

Valfred se tapota pensivement le front.

— Ah ! Alors, j'sais pas. C'est presque impossible dans ton état de courir contre le vent du sud-est. Il aurait fallu essayer ça avant d'en être à ce stade.

— Il n'y a pas eu de stade précédent, corrigea le Lieutenant. J'ai été attaqué et envahi par surprise. Et de la soude ?

Cette fois-ci, c'est Valfred qui leva un regard étonné.

— De la soude ! s'exclama-t-il. Qu'est-ce que tu veux foutre avec de la soude ?

— Si je me souviens bien, on mettait un peu de soude dans la nourriture des troufions à la caserne, dit le Lieutenant. On disait que ça calmait les ardeurs. Avons-nous de la soude, Valfred ?

William se leva avec zèle.

— Je crois que j'en ai acheté à l'époque où je vivais ici avec toi, Valfred. Ça doit encore être dans le grenier.

Pendant trois jours, Hansen fit une cure de soude. On commença par de petites doses qu'on doubla insensiblement. Hansen se sentait en effet comme neuf et tout propre en dedans. Il vomissait, avait des crampes d'estomac et revomissait. La cure le rendait tout mou, presque flasque, mais la boule sous la couette, elle, montrait aux compagnons de la maison qu'il restait au moins un endroit du corps d'Hansen sur lequel la soude n'avait aucune prise. Le troisième jour, ils renoncèrent. Et pendant que Hansen prenait une pause bien méritée, William et Valfred s'installèrent à table pour mettre à plat cette histoire de maladie.

— Nom d'un chien, c'est plutôt embrouillé tout ça, dit William. Mais si au lieu de le considérer comme une maladie, on voyait ça comme un état normal, c'est un petit peu comme si on le regardait sous une lumière plus juste.

Valfred se curait les dents. Il avait posé son râtelier

sur la table et enlevait délicatement de longs filandres de viande avec son grand couteau.

— Disons que c'est un état, admit-il, conciliant.

William continua :

— Par exemple, moi je suis atteint par un état équivalent au moins deux fois par an. Ça bouillonne et entre en effervescence à l'intérieur de moi, et une certaine partie de mon corps s'exprime avec une violence menaçante même pour une paire de pantalons toute neuve.

William posa ses mains déployées devant lui sur la table et les contempla avec intérêt.

— On peut, comme tu l'as suggéré au Lieutenant, s'aider soi-même. Jusqu'à un certain point, Valfred, seulement jusqu'à un certain point, et sans beaucoup d'amusement. Dans le cas d'Hansen, je crois même d'ailleurs que ça lui serait pénible. Pour ma part, j'ai l'habitude de faire un petit tour par l'habitation du Cap Sud. Y a là-bas, comme tu le sais sûrement, une petite communauté aimable qui, avec beaucoup de gentillesse et d'expérience, remédie à ce genre d'état.

Valfred leva son râtelier à la lumière. Il eut un hochement de tête affirmatif et dit doucement :

— C'est sûrement vrai tout ça, William, et n'importe quel bonhomme serait probablement fier d'être dans l'état d'Hansen. Mais il s'agit d'Hansen, et il ne fonctionne pas comme le commun des mortels. Chez lui, cet état, c'est rien que quelque chose qui le gêne et le comprime et le harcèle sans arrêt, sans parler de l'immense échec moral.

William comprenait très bien cela, et il jeta un regard plein de compassion vers la couchette supérieure où Hansen gisait en gémissant doucement.

— Dis donc, Valfred, s'exclama-t-il subitement, v'là que je pense tout d'un coup à la sage-femme, là-bas au Cap Sud ! Une veuve dans la fleur de l'âge avec quatre enfants orphelins de père. Elle devrait quand même avoir quelques connaissances dans ce genre de situation.

Valfred hocha la tête. Il abaissa sa barbe jusqu'à sa poitrine et entreprit de réfléchir. Il y eut un long silence entre les deux hommes. Puis William demanda :

— Tu dors, Valfred ?

— Oh que non ! Mon petit William, je pense à la sage-femme. Mais ce serait sûrement trop pénible pour Hansen de faire un long voyage.

William se leva et se mit à marcher de long en large, exactement comme Mads Madsen en avait l'habitude quand il devait trouver une solution en réfléchissant. Tout à coup, il s'arrêta devant Valfred et cria presque :

— Ça coule de source, Valfred ! C'est moi qui vais aller chercher la sage-femme pour Hansen.

Valfred sourit, dégageant ostensiblement sa prothèse nettoyée de frais.

— Remercions le Seigneur pour les coups que Mads Madsen t'a administrés, sinon tu ne serais pas ici, dit-il chaleureusement. T'es vraiment prêt à faire ça, William ?

— Tout le plaisir sera pour moi. Je me fais faire mon grand nettoyage de printemps un peu plus tôt que d'habitude, puis je ramène la sage-femme. Je pars dès demain.

Valfred, dont la tête s'était à nouveau abaissée sur sa poitrine, murmura, vaseux :

— J'ai comme qui dirait l'impression que c'est déjà demain maintenant, William.

— Vrai ?

William regarda par la fenêtre, mais ne vit que le

noir. Il passa ses doigts à travers sa barbe noire et dit d'une voix ferme :

— Le Lieutenant doit être délivré. Je pars aujourd'hui.

L'état du Lieutenant Hansen était stationnaire. La maladie avait établi une solide tête de pont et se préparait à un long siège. Bien que le Lieutenant maintînt l'extrémité gonflée avec l'aide d'une gaine à bacchantes usée, ses jours comme ses nuits restaient un calvaire.

Ce fut le monde à l'envers dans la maison. Maintenant, c'était Valfred qui se levait le premier, Valfred qui faisait bouillir le café et le Lieutenant qui était servi sur le bord de la couchette. Et Valfred consolait le malheureux.

— Tout va bientôt s'arranger, Hansen, dit-il en lui flanquant le plateau du matin, William est parti chercher quelqu'un de compétent.

— Qu'est-ce que tu veux dire par quelqu'un de compétent ? demanda le Lieutenant. Il est parti chercher Doc ?

— Quelqu'un de bien plus compétent, gloussa Valfred. Il se trouve que par chance William connaît une sage-femme au Cap Sud. Une veuve dans la fleur de l'âge avec quatre enfants sans père.

— Et alors ?

Le Lieutenant fixait son café, redoutant le pire.

— Et alors William est parti la chercher.

Le Lieutenant se redressa, atterré.

— Ne me dis pas qu'une bonne femme va venir ici ? s'exclama-t-il. En plus, je ne vais pas accoucher, je ne vois pas pourquoi j'aurais besoin d'une sage-femme.

— Allons, allons, petit Hansen, t'énerve pas.

Valfred tira la chaise près de la couchette et s'installa.

— Une bonne femme comme ça en connaît un rayon en ce qui concerne toute la partie basse, crois-moi. Que ce soit un accouchement ou un état comme le tien, elle saura s'y prendre.

— Ça va pas, gémit-il, je ne le permettrai jamais, Valfred.

— Balivernes, Hansen. Une sage-femme comme ça sait tout ce qu'il y a à savoir sur les problèmes du bas-ventre. Elle est aussi douée qu'un vrai docteur.

Il lapa voluptueusement un peu de café.

— Elle va juste t'examiner pour voir d'où vient le mal, et en un rien de temps, tu seras comme neuf.

Le Lieutenant avait perdu toute envie de café. Il se réinstalla précautionneusement dans la couchette. L'idée qu'une fringante sage-femme allait l'examiner le rendait fébrile. Son cerveau se mit à imaginer toutes sortes de méthodes de traitement, et il frissonna à en ébranler toute la couchette supérieure. Il sentit l'intense flux de son sang couler à travers son corps, et sa gaine à bacchantes s'en trouva tendue à se rompre. Mais au cœur de ses fantasmes enivrants germait aussi une morale inébranlable. Si la moindre chose, parmi toutes celles qu'il imaginait, se passait, il lui faudrait absolument se marier avec la sage-femme. Il lui faudrait s'installer au Cap Sud en qualité de mari de sage-femme, devenir beau-père pour des orphelins et citoyen de la bonne société groenlandaise. Le Lieutenant s'accrochait à toutes ces pensées avec acharnement, même s'il ne pouvait pas éviter qu'elles se mélangent avec d'autres, plus voluptueuses. Il imaginait en détail la sage-femme, examinait en pensée toute sa ravissante personne et se retrouva trempé de sueur par ces efforts. Il adoptait même les enfants. Il en ferait de petits soldats, des petits lieutenants dans la grande armée des chasseurs groenlandais. Ses enfants à lui seraient uniques, oui, l'élite. Voilà une véritable mission pour un ex-officier de hussards.

Quand enfin il sombra dans un sommeil saturé de rêves, la tasse pleine de café sur le ventre, il murmura des choses confuses à Valfred où il était question de mariage comme condition incontournable, d'un homme d'honneur et de quatre petits lieutenants.

Le Cap Sud était loin de Fimbul. Et le chemin du retour fut encore plus long, parce qu'il s'était mis à neiger. Décembre arriva avant que William soit de retour, escorté d'un traîneau.

William était surexcité. Au Cap Sud, il s'était fiancé pour la septième fois avec une jeune beauté, du nom de Sabine celle-là, et il se réjouissait à l'idée de présenter Agate, la sage-femme, à ses deux amis à Fimbul.

Valfred sortit de la maison pour les accueillir. Il salua le guide groenlandais, Efraim, la sage-femme et William.

— Comment ça va ? chuchota William au comble de l'excitation. Y a pas de changement ?

— Toujours comme une bite d'amarrage, le rassura Valfred, d'aussi belle prestance qu'avant.

Il fit un large geste des bras.

— Mais rentrez donc tous et venez prendre quelque chose de chaud.

Agate était décidément une magnifique bonne femme, pensa Valfred. Il lui sourit et lui fit un petit signe de tête par-dessus la table, et elle lui renvoya son sourire, contente. Elle sentait qu'elle était la bienvenue dans la cabane de Fimbul, qu'elle était attendue avec impatience. De temps en temps, elle jetait un coup d'œil vers la couchette supérieure où le Lieutenant fixait le plafond comme s'il n'avait rien à voir avec ces gens-là.

On servit de la viande, du café et un peu d'eau-de-vie. On parla de tout et de rien, on échangea les dernières nouvelles et on rit beaucoup à la moindre occasion. Une bonne ambiance régnait. On fuma des cigares et des pipes, Hansen disparaissait presque dans le brouillard jaune-vert du tabac, et, juste au moment où l'ambiance battait son plein, Agate se leva en déclarant avec autorité qu'elle voulait maintenant examiner le malade. Elle chassa Valfred, William et Efraim dehors et leur ordonna de s'installer dans l'appentis pendant quelques jours, parce qu'elle voulait se consacrer pleinement à son malade.

William, qui manifestait souvent une tendance au pathétisme, s'avança vers la couchette d'Hansen. Il brandit les mains en avant :

— Courage, Hansen ! dit-il ému. Bonne chance, mon vieux, nous penserons à toi tout le temps.

Puis il serra la main du Lieutenant à lui broyer les os, et quitta la pièce, les larmes aux yeux.

Efraim remit son pantalon en peau d'ours. Il fit un clin d'œil d'encouragement à Hansen et passa la porte, son long fouet à la main. Il avait l'intention de mettre à profit son séjour à Fimbul pour faire un peu de chasse à l'ours sur la côte.

Agate et le Lieutenant Hansen restèrent seuls dans la pièce.

Pendant trois jours et trois nuits, la vaillante sage-femme ne ménagea pas sa peine avec Hansen. C'était une fille extraordinaire qui, plusieurs fois par jour, portait de la nourriture et des nouvelles aux deux autres dans l'appentis. William trouvait qu'au jour le jour elle se faisait plus gaie, plus ronde et plus belle.

— Si ça continue, ça va faire une vraie beauté, confia-t-il à Valfred.

Quels soins Agate prodiguait au Lieutenant, les deux amis ne pouvaient avec certitude le déterminer. Naturellement, certains bruits filtraient de la pièce, des bruits qui rappelaient de vieilles choses bien connues, des bruits qui traversaient la mince cloison de bois. Mais aucun d'eux n'arrivait, à partir de ces bruits, à se dépeindre la cure dans le détail.

Le quatrième jour, à sept heures pile, ils entendirent un tumulte dans la pièce. Puis le cliquetis de la porte de la cuisinière, le bruit râpant de la pelle à charbon et enfin toute une série de petits sauts sur le plancher.

— Dis donc, je crois que le Lieutenant est guéri, murmura Valfred dans son sommeil.

William sortit la tête de son sac de couchage en peau de renne et écouta.

— Pourquoi ça, Valfred ?

— Il a repris sa parade du matin, répondit Valfred, écoute comme il saute, là, de l'autre côté.

— Tu crois vraiment qu'il est guéri ?

— Il est au moins en bonne voie, bourdonna Valfred. Une fille de premier choix, cette Agate.

Dans le courant de la matinée, la trappe qui menait jusqu'aux deux dormeurs dans l'appentis s'ouvrit et la voix autoritaire du Lieutenant claironna :

— Debout, messieurs !

Valfred et William plissèrent les yeux devant la lueur aveuglante de la lampe à pétrole.

— Doux Jésus, c'est toi, petit Hansen ? s'exclama Valfred. Te voilà guéri ?

Il regarda avec curiosité le pantalon de Hansen. Le renflement y était toujours.

— Guéri ou pas guéri, ha, ha ! est-ce que j'ai jamais été malade ?

Hansen eut un rire militaire et tourna les talons.

— On s'habitue à tout. Cela dit, le petit déjeuner est prêt, quand cela arrangera ces messieurs.

Quand Valfred et William entrèrent, tout était prêt. La cafetière ronflait sur la cuisinière, le pain de blé était coupé en tranches, et, près de la tasse de Valfred se trouvait une boîte de sardines, ouverte. Le Lieutenant était installé au bout de la table, tout sourire. Il leur souhaita un bon appétit.

— Voilà, asseyez-vous et servez-vous.

Il poussa la cafetière vers William qui s'était installé le dos contre la fenêtre. William se servit. Il jeta un coup d'œil vers la couchette supérieure d'où il voyait le toupet noir d'Agate dépasser du bord en bois.

— Hum, eh... — Il se racla la gorge, embarrassé. — Alors t'es remis maintenant, Hansen ?

Le Lieutenant roula les pointes de sa moustache et sourit avec satisfaction.

— On pourrait discuter pour savoir si ton expression « remis » est tout à fait adaptée, William le Noir. Mais on va s'en contenter, faute de mieux, oui, je suis en effet plus remis que jamais auparavant dans ma vie.

Valfred lapa son café et attaqua les sardines. Il y avait quelque chose chez Hansen qu'il ne reconnaissait pas. Quelque chose d'exalté, genre coq et un peu fat. Quelque chose qui ne correspondait pas du tout au Hansen avec qui il avait partagé la maison et l'existence pendant plusieurs années. Le Lieutenant continua :

— Mon cas est assez intéressant, si je puis dire. Comme vous ne l'ignorez pas, il y a eu une modification dans une partie précise de mon individu. Et cette modification a été à deux doigts de me tuer. Psychiquement, bien sûr, seulement psychiquement. La modification en elle-même était sûrement plus naturelle que pathologique, mais mon cerveau ne le comprenait pas.

Le Lieutenant, aux petits soins, passa la cafetière à Valfred.

— Ce qui dans mon cas était malade, c'était donc le mental. J'avais peur de mon état, j'en avais honte, et pour ces raisons j'oubliais de m'en réjouir. J'avais des scrupules moraux, ce qui était assez logique compte tenu de mon éducation.

Il lança un regard amoureux vers la couchette.

— Et puis tu as eu cette idée formidable, William, d'aller chercher de la compétence médicale au Cap Sud. Quand je l'ai appris, j'ai été saisi par le doute. Mais j'avais tort. En ce qui concerne le symptôme de mon cas, il reste inchangé tant en format qu'en intensité. Mais la partie invisible et le poids psychique ont disparu. Tout à fait disparu.

— Mais, eh...

Valfred posa une main dans l'articulation du coude et plia le bras, le poing fermé.

Le Lieutenant hocha la tête.

— Inchangé et prêt à assumer sa besogne.

Il sourit et ajouta à voix basse :

— Dieu merci !

William regardait le Lieutenant avec admiration.

— Dis-moi, Hansen, entre nous, comment tu ressens ça ? Gênant ?

Le Lieutenant se lissa les moustaches.

— Pas le moins du monde. Agate a des méthodes

de traitement remarquables, et bien sûr je suis la cure scrupuleusement. C'est pourquoi j'ai décidé de partir au Cap Sud avec Agate le plus tôt possible.

William ouvrit grand les yeux.

— T'es incroyable, Hansen.

— Affirmatif.

Le Lieutenant était d'accord.

— Il faut suivre la cure, et on a évidemment quelques devoirs moraux envers Agate.

— Ah bon, à ce point ?

William essaya de hocher la tête pour montrer qu'il avait compris. Mais en fait, il n'arrivait pas à suivre.

— Que penses-tu du fait qu'il va partir, Valfred ? demanda-t-il.

Valfred avala la dernière sardine avec volupté et haussa les épaules.

— Ben, s'il doit suivre sa cure, faut bien qu'il parte, y a rien à dire. Mais c'est quand même dommage, je venais juste de m'habituer à lui.

Valfred regarda le Lieutenant Hansen avec tristesse.

— T'as ma bénédiction, petit Hansen. Je te souhaite bonheur et prospérité là-bas en bas.

— Merci, Valfred, merci.

Le Lieutenant se leva et se tourna vers la fenêtre pour cacher son émotion.

8

Réconciliation

... où le lecteur le moins violent devra bien admettre qu'une bonne bagarre remet les idées en place, et où le lecteur le moins porté sur l'alcool devra se faire à cette évidence qu'il n'y a rien de tel qu'un bon schnaps pour entériner des retrouvailles.

William manquait à Mads Madsen, malgré la compagnie d'Halvor. William lui manquait encore plus amèrement que sa pipe, ce qui n'était pas rien. Bien sûr, il était agréable d'avoir Halvor à la maison, mais ce dernier était quand même un brin passif et particulier. Il déambulait sur la pointe des pieds en murmurant pour lui-même, et regardait souvent par-dessus son épaule comme s'il était poursuivi par quelqu'un. Il y avait vraiment une grande différence entre le Halvor qui avait habité Hauna et celui qui séjournait maintenant à Cap Elizabeth. Non qu'il fût positivement bizarre ou dangereux. Non. Ils pouvaient même parler ensemble de tout, sauf de Vieux-Niels. Quand on mettait les temps anciens à Hauna sur le tapis, les yeux d'Halvor devenaient de petits boutons noirs, les lobes de ses oreilles rougissaient, et il se mettait à bégayer. Mads Madsen évitait donc de parler de Vieux-Niels qui, de toute façon, était mort, mangé, digéré et enterré, pour ce qu'il en restait, depuis un bail.

Pendant plusieurs semaines, Mads Madsen se demanda ce qu'Halvor avait voulu dire avec son « quand le temps sera mûr ». S'il devait partir à Fimbul et mettre les choses à plat avec William, il n'y avait qu'à y aller et en finir avec cette histoire. Un jour, Mads Madsen prit le taureau par les cornes et déclara qu'il trouvait que le temps était mûr et que maintenant, lui, au moins, partait pour Fimbul. Halvor eut son petit sourire singulier et tapota Mads Madsen dans le dos.

— Tout mûrit, Mads Madsen. Je crois qu'il est maintenant temps pour une réconciliation entre William et toi.

— Foutaise, grogna Mads Madsen en plongeant sous sa couchette pour en sortir les vêtements d'hiver.

— C'est quand même comme ça, répliqua Halvor. Si nous étions partis au moment où je suis arrivé, tu aurais encore été en colère, et tu l'aurais sûrement envoyé sur les roses en le voyant. Mais maintenant, ça fait un certain temps qu'il te manque, et tu es devenu tendre et maniable. William te manque et tu veux le ramener à la maison, n'est-ce pas ?

— Tu vas voir comment je vais traiter ce diable noir, ouais, promit Mads Madsen.

Il se releva, rougi par l'effort.

— Mais son pain aux raisins secs me manque terriblement. Et aussi un peu de fumée de pipe dans la maison. Mais t'imagine surtout pas que ce morveux de bohémien me manque.

Halvor rit et alla étouffer les braises dans la cuisinière. Mads Madsen avait visiblement l'intention de partir sur-le-champ.

Ils arrivèrent à Fimbul en deux jours. Ils attachèrent les chiens devant la maison et étaient en train de les nourrir avec du poisson sec quand Valfred sortit de la maison pour leur souhaiter la bienvenue. William le Noir, qui avait reconnu les visiteurs, ne se montra pas.

— Ouais, tu comprends, Valfred, expliqua Mads Madsen, il se trouvait qu'Halvor avait envie de descendre jusqu'à chez vous et comme ça fait loin à ski, je lui ai promis de l'amener en traîneau.

Halvor ne dit rien. Il se contenta de sourire. Valfred ne dit rien non plus, parce qu'il trouvait que l'argument était prometteur et qu'il était grand temps que les deux copains se retrouvent.

Ils rentrèrent et furent installés sur le banc. Halvor salua William, et William lui tendit le poing, content de le voir. Par contre, il regarda droit à travers Mads Madsen.

Valfred tournicotait dans la maison et jouait l'hôte aux petits soins. C'était vraiment le moment de se prendre un petit café et, s'il se souvenait bien, il y avait encore une bouteille d'eau-de-vie à la myrtille dans l'armoire d'angle.

— Installez-vous donc à votre aise et remettez-vous après ce voyage, dit-il. William va vous servir.

William se plaça devant la cuisinière, le dos tourné au banc. Mads Madsen fixait les poils de sa nuque. Tout d'un coup, il dit d'une voix forte :

— Bonjour, William.

Pas de réponse. Seulement un petit regain de fracas avec les rondelles de la cuisinière. Puis Mads Madsen cria :

— On t'a salué, espèce de larve ! Mais tu ne salues peut-être plus les gens ?

William se tourna lentement. Il ignora Mads Madsen et dit à Halvor :

— Je trouve que l'air est très malsain tout à coup. Tu le sens aussi, Halvor ?

Puis il vit Mads Madsen.

— Ah, t'es là aussi, toi ? Alors, c'est toi que j'ai senti. Tu devrais vraiment pas ouvrir la bouche quand t'es pas seul, Mads Madsen, ça pollue l'atmosphère.

Les poings de Mads Madsen se cramponnèrent au bord de la table. Les veines de ses tempes gonflèrent, cognant de façon inquiétante. Halvor posa sa main sur son épaule.

— C'est bientôt Noël, dit-il, conciliant, et c'est un moment où on se fait plaisir les uns aux autres. C'est le temps des réconciliations.

— Ah toi ! Commence pas tes prêchi-prêcha ici, siffla Mads Madsen. T'as entendu ce morveux, il dit que je pue. T'as entendu, Halvor ?

Halvor soupira profondément.

— En fin de compte, Mads Madsen, il faut avouer que William a raison. Tu pues de la gueule comme un chacal.

C'en fut trop pour Mads Madsen. Il se leva dans un hurlement et saisit Halvor par le collet.

— Non, mais, pour qui il se prend ce curaillon à la manque ! Il vient ici pour chercher quelque chose dont il a même oublié ce que c'est, et puis, par-dessus le marché, il se met à emmerder les honnêtes gens. Ravale ces mots, Halvor, sinon je te file une patate sur la tronche.

Halvor se détacha. Il recula de quelques pas et secoua la tête, avec regret.

— C'est un fait, dit-il, que tu pues davantage qu'un cageot de poissons pourris. Et si je devais être tout à fait honnête, William c'est du pareil au même. Je l'ai senti dès que je suis arrivé à Kap Thompson cet été. Ça puait les chiottes qui dégueulent chez vous, et c'était pas une sinécure pour moi et les autres chasseurs d'être obligés de vivre dans votre baraque. En fait, je ne comprends pas comment j'ai pu supporter de vivre avec toi pendant si longtemps, Mads Madsen, et je pige pas comment Valfred arrive à supporter la puanteur acide de William.

Les deux chasseurs de Kap Thompson étaient paralysés. William avait, sans le remarquer, posé l'une de ses mains sur la cafetière, c'est à peine s'il sentait que le café était brûlant. Mads Madsen était haletant, les yeux injectés de sang.

— Ah, c'est ce que tu penses, murmura-t-il, la voix pâteuse. C'est tout ce que tu trouves à dire, espèce de prophète de mes deux.

Sans sommation, il frappa du poing en direction d'Halvor. Mais Halvor était préparé. Il esquiva et dit avec douceur à Mads Madsen :

— J'ai le sentiment qu'il faut pas qu'on se batte, Mads Madsen. Cela pourrait tourner mal pour toi.

Mais Mads Madsen ne l'entendit pas. Avec un hurlement, il se rua sur le Norvégien qui arriva encore à esquiver habilement. Et cette fois-ci, Halvor frappa. Il toucha à la nuque Mads Madsen qui trébuchait devant lui, ce qui lui fit prendre encore plus de vitesse à travers la pièce. Sans pouvoir s'arrêter, Mads Madsen passa d'un côté à l'autre de la pièce et alla s'encorner la tête la première droit dans l'armoire d'angle, à travers la porte et au milieu de toutes les bouteilles d'eau-de-vie.

Valfred trottinait nerveusement.

— Dis donc, ça j'veux pas, Mads Madsen. Il faut foutre la paix à mon eau-de-vie.

Mais Mads Madsen n'entendait rien. Assis par terre, il secoua la tête pour voir l'ampleur des dégâts. Toute pensée l'avait quitté et il avait un goût acide à la bouche.

— Alors, comme ça, je pue, murmura-t-il. Je pue, qu'il a dit.

Halvor tourna alors son attention vers William qui regardait, la bouche grande ouverte, son chef de station terrassé.

— Ferme la bouche, William, l'air s'en portera mieux ici, sourit Halvor. Et au fait, t'as pas l'impression de te brûler la main ?

William regarda le cafetière d'un air bête. Puis il sentit la chaleur comme un élancement diabolique qui lui montait haut dans le bras.

— Ouaouh ! hurla-t-il.

En un saut, il fut près du tonnelet d'eau dans lequel il plongea le bras.

Valfred regarda Halvor, l'air interrogateur.

— Tu trouves vraiment qu'ils puent, Halvor ? demanda-t-il en chuchotant.

Halvor lui fit un clin d'œil, un doigt sur les lèvres. Puis il dit à William :

— Je trouve que vous autres, les deux putois, vous devriez ramasser vos merdes et filer jusqu'aux chiottes de Kap Thompson.

William ne répondit pas. Il ressortit le bras du tonneau et le secoua pour voir. Ensuite il sauta sur Halvor.

Ce fut une bataille égale, dont l'issue aurait pu être à la faveur de William, si Valfred n'était pas intervenu. Les deux combattants roulaient sur le sol et s'administraient des coups substantiels et pleins d'attention. William avait attrapé l'oreille d'Halvor et faisait de son mieux pour l'annexer, et Halvor fermait hermétiquement les deux yeux de William, réussissant également au passage à mettre à mal la dent sur pivot que Mads Madsen avait détachée auparavant, et que William avait remise en place avec du fil de fer et de la colle de poisson. Valfred jugea le combat propre et régulier. Il était assis sur le bord de sa couchette en spectateur zélé.

Mais, à ce moment-là, Mads Madsen se réveilla. Il s'extirpa lentement de l'armoire, essaya de se mettre debout, mais n'avait pas encore assez récupéré d'amidon dans les guibolles. C'est seulement au troisième essai qu'il réussit à se relever. Et le voilà, la porte de l'armoire autour du cou et les yeux congestionnés tournés vers les gladiateurs. Sa conscience lui revenait tout doucement, et ses pensées lui ramenaient, gentiment, les insultes d'Halvor à la mémoire. Tout d'un coup, il cria sauvagement :

— Alors, comme ça je pue, espèce de plouc ! Mais tu vas voir ce que tu vas prendre, je vais pas compter !

Dans un saut, il prit son élan vers les deux autres couchés par terre. Pour les atteindre, il lui fallait passer devant Valfred sur le bord de la couchette. Et Valfred n'aimait pas voir une bonne bagarre évoluer en vulgaire expédition punitive. Il avança une jambe, et la leva un peu au moment où Mads Madsen passait à toute vitesse, ce qui eut pour résultat que Mads Madsen versa en avant et alla frapper de la tête contre la cuisinière dans un grand fracas. Il s'éteignit totalement.

Quand William constata l'échec de son offensive sur l'oreille d'Halvor et sentit ses propres lèvres saigner à tout va, il déclara forfait.

— Je me rends, murmura-t-il indistinctement. Je me rends, Halvor.

— Ça m'étonne pas.

Halvor le lâcha et l'aida à se remettre debout.

— T'es un homme raisonnable, William, je crois que tu pourrais apprendre certaines choses à Mads Madsen.

Il alla vers Mads Madsen et le regarda d'en haut.

— Il dort profondément, dit-il à Valfred. Tu veux pas qu'on l'installe sur ta couchette ?

Valfred hocha la tête.

— Vaut mieux que je lui prépare un sac de glace, dit-il. Sinon la bosse prendra trop de place. Putain, quel œuf, Halvor !

Cette fois-ci, Mads Madsen mit plus longtemps à reprendre ses esprits. Les trois autres à table l'observaient avec un mélange d'impatience, de curiosité et d'excitation. D'abord, il remua, un peu agité. Puis il murmura des choses incohérentes, toucha sa bosse d'une main et gémit. Plus tard, il essaya d'ouvrir les yeux, et, quand il réussit enfin, il tourna prudemment la tête et regarda vers le banc. Ses yeux cherchèrent ceux de William.

— Bonjour, William, chuchota-t-il d'une voix ténue.

— Bonjour, Mads Madsen, chuchota William en réponse.

Mads Madsen maintint le regard. Il vit les yeux hauts en couleur de William, sa lèvre fendue et le trou auquel avait fait place la dent sur pivot.

— Tu l'as eu, William ?

— Il a dit que Kap Thompson, c'était des chiottes, répondit William.

Mads Madsen sourit avec bonheur. Il lécha ses lèvres sèches et dit ensuite :

— T'es un brave mec, William, c'est ce que j'ai toujours dit. Un putain de bon pote.

Valfred rigola.

— Hé, hé, ça fait plaisir à entendre. Ça vous allège l'atmosphère, ça, faut bien dire. Y a rien de tel qu'une bonne bagarre. Ça aère, si, si, franchement. Et maintenant, je trouve que nous devrions attaquer l'eau-de-vie que Mads Madsen était parti chercher. T'arrives à venir jusqu'ici, Mads Madsen ?

Ils étaient assis autour de la table à déguster l'eau-de-vie maison de Valfred. Ils y restèrent longtemps, et ils y prirent grand plaisir parce qu'il faisait sombre jour et nuit, et qu'ils n'avaient plus aucune notion du temps. Au fur et à mesure que le temps passait, ils oubliaient la bagarre, et il régnait une ambiance chaleureuse entre eux. Tout à coup, ils entendirent les chiens hurler dehors.

— Y a peut-être un ours dehors, dit William.

Valfred secoua la tête.

— Ça, c'est pas un ours, rigola-t-il. Restez assis, vous autres, je sors pour accueillir.

Pendant que Valfred était dehors, Mads Madsen demanda à Halvor :

— Cette histoire de puer, Halvor, tu penses que nous pouvons y faire quelque chose ?

Halvor sourit très gentiment, un sourire qu'il s'était procuré en Norvège, et dont ses amis pensaient qu'il l'avait acquis au séminaire.

— C'est bizarre, dit-il, mais je trouve que vous ne puez plus.

— Vraiment ?

William essaya de regarder Halvor à travers ses yeux au beurre noir.

— Absolument. L'air ici, dedans, est presque aussi pur que l'air dehors, répondit Halvor.

Mads Madsen enfonça les pouces dans les emmanchures de son gilet et se mit à marcher de long en large. Il s'arrêta devant Halvor.

— T'es franchement un putain de renard rusé, Halvor. Cette histoire de puanteur, c'était un peu comme qui dirait au figuré, pas vrai ?

Halvor hocha la tête.

— Il faut aider ses amis comme on peut, dit-il. C'est toujours une tragédie quand deux compagnons se ratent. Les choses les plus bizarres peuvent alors arriver.

Il regarda en direction du tonnelet d'eau où l'ombre de Vieux-Niels était assise, balançant les jambes.

Mads Madsen soupira profondément. Il comprenait exactement ce qu'Halvor voulait dire.

— T'as raison, Halvor. Y a certaines choses qu'on peut pas se permettre ici. Et avant tout de se brouiller avec son compagnon.

Il aurait bien voulu dire encore quelque chose, mais il fut interrompu par Valfred qui ouvrit la porte et poussa le Lieutenant Hansen à l'intérieur.

— Hé, hé, voilà notre Hansen de retour, roucoula Valfred.

Il était tellement zélé et joyeux que ses dents du commerce s'en détachèrent et sortirent à moitié de sa bouche.

— Bienvenue, Hansen ! cria William. T'as amené ta fiancée ?

Le Lieutenant enleva ses fourrures et s'installa.

Puis il expliqua :

— Les fiançailles ont été de courte durée. Nous les avons rompues, et Agate s'est fiancée avec

Efraim à la place. Il a eu ma Winchester en cadeau de fiançailles.

— Mais la santé ? Comment va la santé ? demanda Mads Madsen.

— Cinq sur cinq, répondit Hansen.

— Eh... alors, ton état ?

William voulait savoir.

Le Lieutenant eut un rire bref :

— Ha, ha, disons que tout s'est détendu.

Il regarda au-dessus de la table et leva les sourcils. Puis il regarda Valfred.

— Je dois dire que ta table m'étonne, Valfred. On a connu des tables de Noël plus soignées.

— Tables de Noël ? dit Valfred, perplexe.

— Oui, c'est Noël ce soir, répondit le Lieutenant. J'ai eu la date et l'heure précises chez l'administrateur du hameau et j'ai tenu les comptes jusqu'ici. Et je dois bien avouer que je suis vraiment surpris de voir une telle table de réveillon.

Valfred ne pipa mot. Il prit la cafetière et disparut dans la cabane annexe, d'où il rapporta deux grosses oies du Canada et quelques doses de riz.

Bien que tout le monde ait mis la main à la pâte, c'était presque le matin de Noël quand le repas fut enfin prêt. Mais une fois les oies sur la table au milieu de la bière, de l'eau-de-vie et du riz fumant, l'ambiance de Noël s'installa toute seule.

Ils mangèrent. Ils débarrassèrent la table et chacun se retrouva avec sa tasse de café délayé. William se leva et alla vers son sac de couchage.

— C'est pas qu'on ait l'habitude d'offrir des cadeaux, mais ça, c'est quelque chose que j'ai trouvé quand je suis descendu chercher Agate au Cap Sud.

Il posa un petit paquet devant son chef de station.

Les mains de Mads Madsen tremblaient quand il défit le paquet. Et le contour de ses yeux rougit quand il en sortit une pipe.

— Ah, ce putain de William ! grogna-t-il, la voix pâteuse. En vraie racine de bruyère. Et avec un tuyau en bakélite.

Il regarda William les yeux pleins de tendresse.

— Merci, fiston, merci beaucoup.

Son regard se déplaça vers Halvor qui était en train de trinquer en cachette avec Vieux-Niels, lequel s'était installé dans la couchette de Valfred.

— Et merci, Halvor. Tu es un diable rusé, mais merci quand même.

Plus tard ce soir-là, le Lieutenant Hansen raconta par le menu son voyage au Cap Sud. Il décrivit la cure que la sage-femme lui avait fait suivre, sans pour autant entrer dans des détails de mauvais goût, une cure implacable qui risquait de casser même le plus fort.

— Mais, acheva-t-il, ce fut une affaire étrange qui, Dieu merci, se réduit maintenant à de joyeux souvenirs.

Au cours de la matinée, ils ressentirent la fatigue et se résignèrent à dormir. Ils sortirent tous les cinq et s'alignèrent devant la maison. Hansen se déboutonna et sentit l'air glacial de décembre glisser sur sa peau nue. Il peina, peina longtemps, et enfin soupira de soulagement.

Valfred, la tête à la renverse, contemplait le ciel saupoudré d'étoiles. Il sourit de toutes ses céramiques vers l'étoile polaire, secoua, remballa le tout, reboutonna et retourna à la couchette qui l'attendait.

9

Vieux-Niels

... où l'on voit l'ectoplasme de Vieux-Niels, pas rancunier pour un sou, voler au secours d'Halvor.

Quelques jours après le Nouvel An, Halvor quitta Fimbul, à ski. Le Lieutenant lui proposa les quatre chiens qu'il lui avait promis à Kap Thompson, mais Halvor préféra ne pas s'en embarrasser. Il avait réussi à se débrouiller la moitié de l'hiver sans aucune compagnie, et voulait maintenant essayer de se passer de chiens le reste du temps.

— On s'attache si terriblement à ses bestioles, dit-il, que ça en devient presque impossible de s'en séparer.

De plus, l'été suivant, il rentrerait pour continuer son séminaire. Mads Madsen lui proposa de le conduire jusqu'au district de Hauna, mais là aussi Halvor déclina l'offre. Non, il était resté inactif trop longtemps et avait beaucoup trop mangé ; parcourir un long chemin à ski lui ferait du bien. Il remercia pour l'agréable Noël et se mit en route. Dans le sac à dos installé sur la petite luge qu'il tirait derrière lui, il avait des provisions et de l'eau-de-vie, et Mads Madsen lui avait offert une petite tente qu'il avait conçue lui-même à partir d'une vieille bâche et qui pouvait tout juste contenir un homme et son barda.

Halvor courait lestement dans la pénombre. Et Vieux-Niels le suivait comme une ombre, invisible dans l'obscurité. Halvor courut toute la journée et la moitié de la nuit. Au point d'en être à la fin si fatigué qu'il dormait déjà à moitié en dressant la tente.

Le deuxième jour, il faisait clair et la lune brillait. Et Halvor filait grand train, de bonne humeur, Niels sur ses talons. Il dépassa l'extrémité est de l'île Ymers, à la hauteur des îles de Futh et de Maria pour enfin faire une pause à l'embouchure du Fjord du Roi Oscar. Il était maintenant dans des zones familières. Il y avait circulé en traîneau et à ski quand, autrefois, il posait ses pièges à renards ou chassait le bœuf musqué. Ce fut un grand événement pour Halvor de retrouver ses anciens terrains de chasse et il se retourna pour voir si Vieux-Niels était dans les parages, de manière qu'ils puissent se réjouir ensemble de ce moment béni. Mais l'ombre n'était nulle part, alors que la lumière de la lune était particulièrement forte et donc favorable aux ombres. Halvor regarda longuement et soigneusement, mais Niels avait bel et bien disparu. Il appela plusieurs fois sans aucune réponse en retour.

« Il doit être parti devant, pensa-t-il. Peut-être était-il si fou de joie à la vue de ses vieux territoires de chasse qu'il a traversé le fjord à en perdre haleine pour arriver le premier à Hauna. »

Halvor dressa sa tente au milieu du fjord. Il fit bouillir de la viande et du thé et prit quelques bonnes lampées d'eau-de-vie. Puis il s'allongea, un sourire heureux sur les lèvres. Et s'endormit rapidement.

Le troisième jour, tout était étrangement silencieux. Halvor remarqua le silence dès le matin en sortant de son sac de couchage. Un silence presque palpable. Quand il eut ramassé ses affaires et chaussé ses skis, il resta un moment à regarder autour de lui. À la lueur des étoiles, il voyait les montagnes s'élever de chaque côté du large fjord, et, vers le sud-est, le ciel était légèrement illuminé par une lueur rougeâtre. C'était comme si tout s'était arrêté. Comme si la nature retenait sa respiration, était dans l'attente de quelque chose. À l'intérieur d'Halvor, un curieux silence se fit aussi. Il se surprit en train de chercher l'ombre de Niels des yeux. Dans un moment de bon sens, il se dit que Vieux-Niels n'était plus de ce monde. Vieux-Niels était mort et enterré. Son ombre était un pur produit de son imagination, une illusion que son retour dans le nord-est du Groenland avait suscitée. Avait-il jamais vu cette ombre en Norvège ? Ou à bord de la *Vesle Mari* ? N'était-ce pas la solitude et cette nature oppressante et menaçante qui le poussaient vers un monde imaginaire déplaisant ? N'aurait-il pas dû depuis longtemps se méfier de cette faiblesse, cette fâcheuse tendance qu'il avait à déformer et à confondre ? Il était le candidat Rånesen, futur membre du clergé, il n'était plus un être fruste à l'esprit dérangé. Ainsi les pensées parcouraient Halvor, et il en conçut une légère inquiétude. Elles galopaient jusqu'au moment où elles faisaient demi-tour et se mettaient à déferler dans l'autre sens. Et si le véritable Halvor, c'était l'être fruste, et que le séminariste ce n'était que du bluff ? Dans cette hypothèse, ce monde était réel et l'ombre de Niels existait bel et bien. Alors, au moins la situation était plus claire.

Halvor secoua la tête violemment à plusieurs reprises, comme s'il avait de l'eau dans les oreilles. Ensuite il noua la corde de la luge autour de son ventre et saisit ses bâtons de ski. Dans un ballet de mouvements amples, il se mit à glisser en direction de la cabane de Hauna.

Si Halvor avait été plus attentif au ciel, et s'il avait tourné son regard vers le sud-ouest une dernière fois, il est probable qu'il aurait remarqué les deux nuages en forme de lentilles qui naissaient loin là-bas, à l'horizon. Ils étaient légèrement gris-noir et tout à fait insignifiants, mais un spectateur attentif aurait vite remarqué qu'ils grossissaient à une vitesse incroyable. Mais Halvor ne regardait plus ni le ciel ni les nuages, et c'est pourquoi il ne pouvait tirer la leçon de ce qu'il avait appris auparavant. Il filait vers le sud, tout à fait insouciant de la catastrophe qui l'y attendait, sans se remémorer que ces nuages en formes de lentilles avaient déjà coûté la vie à quantité de bonshommes.

Les nuages au-dessus de l'inlandsis remplirent bientôt la moitié de l'espace céleste. Dans ces nuages se lovait la plus terrible de toutes les tempêtes en Arctique, le piterak, un vent du sud qui, après avoir pris de la vitesse sur deux mille kilomètres de glace en pente légère et constante, était maintenant en train de se frayer un chemin entre les étroits cols de montagne avec une énergie dévastatrice.

Halvor n'avait fait que quelques kilomètres dans le fjord quand le premier coup de vent violent lui frappa la poitrine. Il leva la tête, mais ses yeux furent instantanément remplis de neige. Avant même qu'il ait eu le temps de reprendre sa respiration, l'avant-garde de la tempête était sur lui, le harcelant comme dix mille démons, lui fouettant le visage avec de la neige et des cristaux de glace, hurlant et sifflant, tirant et poussant pour enfin le renverser brutalement. L'un des bâtons de ski cassa et la corde de la luge fut arrachée au moment où il chutait, catapulté dans la neige.

Halvor réussit à s'accroupir. Il regarda vers la luge, mais elle avait disparu, emportée par la tourmente. Il promena la main le long de ses skis et constata avec soulagement qu'ils étaient entiers tous les deux. Lentement, il se releva et se courba de manière à être en position quasi horizontale face à la tempête. Puis il se mit à ramper dans la direction où il pensait devoir se trouver la côte. Un piterak, il le savait, était si violent qu'il était capable de briser la glace du fjord, pourtant épaisse de plus d'un mètre. Si cela arrivait, il risquait de se noyer sur le coup et d'être lentement écrasé par les blocs de glace s'entrechoquant.

Tout être humain a ses limites devant l'épuisement. Halvor avait de la marge avant d'arriver aux siennes. Le premier jour de tempête, il éprouva presque un sentiment de défi. Il luttait pour avancer contre le vent, tournant le dos quand les rafales menaçaient de lui arracher l'air des poumons. Puis il continuait inlassablement dans la direction qu'il avait choisie. Il était lucide : il savait qu'il pouvait facilement tourner en rond s'il n'était pas extrêmement vigilant sur son orientation. La tempête venait du sud-ouest, il continua donc face au vent en espérant arriver à un moment ou un autre jusqu'à la côte et la cabane de Hauna.

Halvor avança un jour, une nuit et encore une matinée. Mais, à ce moment-là, son épuisement était tel qu'il avait à peine la force de lever les jambes. La tempête continuait sans rien perdre d'intensité, et Halvor commença à sentir de petits assauts d'angoisse quand les rafales le renversaient dans la neige et le ramenaient une cinquantaine de mètres en arrière. Ses rotules étaient devenues grosses comme des noix de coco sous l'effort, et il avait des douleurs à l'entrejambe et aux mollets. Lentement son cerveau ralentissait. Au début, il avait conscience de ce qui se passait, et il concentrait son énergie chaque fois que l'envie de s'asseoir et de se reposer un instant l'envahissait. Il titubait, se défit de ses skis devenus lourds comme des rails de chemin de fer. Sanglotant et gémissant, il pestait en peinant à poursuivre.

La tempête faisait rage depuis deux jours et deux nuits quand Halvor s'écroula devant une congère. Il resta un instant immobile et sentit tout son corps se mettre à ronronner d'aise ; il resta là, complètement relaxé, jusqu'au moment où une voix bien connue le rappela à l'ordre. D'abord il ne réagit pas. Le cerveau enregistra bien sûr la voix, mais il se passa un bon moment avant que sa conscience saisisse les signaux du cerveau. Avec difficulté, il parvint à ouvrir les yeux, et regarda autour de lui, engourdi. Il n'y avait rien à voir. Seulement une rêche couverture de neige blanche qui lui griffait durement le visage. Puis il entendit à nouveau la voix tout près de son oreille.

— Enterre-toi, dit-elle. Fais-toi un trou, tu ne peux pas rester là, à traîner.

Halvor se leva à moitié.

— Vieux-Niels ? chuchota-t-il, soulagé à l'idée de ne plus être seul.

— Fais-toi un bon trou dans la congère, Halvor, si tu veux pas y rester.

Halvor reprit ses esprits.

— Niels, chuchota-t-il pour lui-même.

Niels était là, Niels ne le laissait pas tomber. Même si Halvor avait autrefois tué et mangé Vieux-Niels, ce dernier n'était pas du genre à laisser tomber un copain dans le besoin. Halvor arrondit ses mains et se mit à faire un trou dans la neige. Tout le temps il entendait la voix encourageante de Vieux-Niels dans ses oreilles.

— C'est bien, Halvor. De grandes pelletées, comme ça, ça ira plus vite. Voilà, maintenant il y a bientôt assez de place pour le haut du corps. Rentre à l'abri et continue de l'intérieur.

Halvor creusait comme un forcené. Il écoutait Vieux-Niels et lui obéissait comme un automate. Au bout de quelques heures, il s'était fait une jolie petite grotte rien qu'avec les mains, une grotte qui se réchauffa rapidement parce qu'elle était à peine plus grande que son corps. Même s'il ne sentait plus ses mains, c'était avec volupté qu'il s'installa et boucha l'entrée avec de la neige. Il essaya de se tenir réveillé, mais n'y parvint pas.

Combien de temps Halvor dormit-il ? Il n'en avait aucune idée. Des heures, des jours peut-être. Il se réveilla en sursaut, et, quand il voulut se lever, il cogna de la tête le plafond de glace que sa respiration avait créé. Puis il se rappela où il était. Il n'entendait plus la tempête, mais il sentait de violentes rafales faire trembler le sol sous lui. Puis il ressentit la faim. Elle l'attaqua aussi violemment et brusquement que l'avait fait la tempête. La faim était une douleur brûlante coincée comme une boule chauffée à blanc au beau milieu de son estomac dilaté. La douleur était si forte qu'il faillit en perdre connaissance. Les pensées se bousculaient, confuses, dans sa tête ; impossible de les retenir, tout comme de les transformer en actes. C'était comme s'il avait perdu la raison, comme s'il se trouvait dans un monde infiniment lumineux de souffrance et de clairvoyance. Dans le nouveau monde d'Halvor, il n'existait plus de passé ni de futur, et pas de culpabilité ni de souci. Il dansait avec sa douleur comme dans une ronde, d'un instant à l'autre, et, au moment même où il sentit qu'une grande main charitable allait le retirer de son corps douloureux, il entendit la voix de Vieux-Niels.

— Je te suggère de creuser encore un peu, petit Halvor, là-dedans il y a une surprise qui devrait te plaire.

Halvor fixa le plafond de glace où l'ombre de Niels s'était collée. Il hocha la tête et se mit docilement à creuser de son bras gauche. Couché sur le dos, il creusait à tout-va, Vieux-Niels flottant un pouce au-dessus de son nez. Il déposa la neige enlevée à sa droite, et put ainsi déplacer son corps petit à petit dans la congère. Vieux-Niels souriait et hochait la tête d'un air encourageant, et, quand Halvor s'arrêtait parce que son bras était secoué par une crampe, ou parce que ses yeux se fermaient, Niels chuchotait :

— Ce n'est plus très loin, petit Halvor, encore quelques poignées, d'accord ?

Et Halvor continuait. Petit à petit il s'approchait de la surprise promise par Vieux-Niels. Tout en travaillant, il rêvait qu'il était en train de pénétrer dans une salle somptueuse où était dressée une table, devant un divan couvert de soie. Il rêvait qu'il traversait un trou étroit, qu'il naissait à une nouvelle existence où tout était grandiose et magnifique. Il quitta le trou et avança vers la table. Il se coucha sur le divan moelleux et vit une jeune fille glisser vers lui, un plat en argent soulevé au-dessus de sa tête. Elle s'agenouilla humblement devant lui et lui présenta le contenu du plat. C'était la tête de Vieux-Niels, garnie de légumes, une pomme dans la bouche grande ouverte.

Sur la nuque flottaient joyeusement deux petits drapeaux danois.

Halvor s'arracha au cauchemar dans un cri. La tête de Vieux-Niels flottait toujours à quelques centimètres au-dessus de la sienne, et il constata avec un soupir de soulagement qu'elle n'était pas détachée du reste.

— Tu y es presque, Halvor, dit Niels. Dans un instant tu seras vraiment surpris.

De ses toutes dernières forces, Halvor se remit au travail. Et, quand il tapa fort du poing contre la cloison de neige, celle-ci s'effondra et révéla un grand espace vide. Comme pris par la démence, Halvor frappa et frappa dans la neige, et bientôt le trou fut assez grand pour qu'il puisse y passer la tête et le haut du corps.

— Doux Jésus, murmura-t-il. Est-ce que je serais mort et en train de ressusciter ?

Il passa complètement à travers le trou et se releva. Il y avait la hauteur nécessaire pour se mettre debout.

— Niels ! cria-t-il. Tu es là, Niels ?

Halvor chercha dans la poche de son anorak de ses mains engourdies. Il trouva ses allumettes et parvint non sans difficulté à en craquer une. Déjà, à la toute première lueur, il sut où il était. Il se trouvait dans la cabane à charbon de Hauna, là où Niels avait autrefois logé avec son cochon, le Roi Oscar. Et il y était entré par le trou qu'il avait lui-même fait à grands coups de pied quand il avait voulu sortir le cochon de Noël.

Halvor s'assit, épuisé, sur le tas de charbon. Les pensées lui revenaient petit à petit. Voilà qu'il avait reposé dans une congère qui cachait la cabane à charbon. À quelques mètres de la cabane de Hauna. Pendant plusieurs jours et plusieurs nuits, il était resté là, dehors, et avait failli crever de faim, de peur et de détresse. Halvor s'efforçait de maintenir le fil de ses pensées, essayait de les contrôler, chaque fois qu'elles voulaient lui échapper. Il revit les jours de terreur qu'il avait vécus, et bénit Vieux-Niels qui lui avait demandé de creuser. Quoi que soit devenu Niels, Halvor n'aurait jamais d'ami plus fidèle. Grâce à lui, il était maintenant dans la cabane à charbon de Fjordur, à seulement vingt pas de la chaude cuisinière de la cabane de chasse. Un vrai miracle. Là où l'intégralité des évêques norvégiens n'aurait pas suffit, pas plus qu'un régiment de médecins-chefs, Vieux-Niels avait réussi l'impossible. De repas de Noël, il s'était transformé en ombre tutélaire, ce qui n'était pas le moindre des mérites.

Halvor voulut sourire. Il sentit comme ça tirait dans les coins de sa bouche, et comment la bouche s'ouvrait. Le sourire resta bloqué. À la place, quelque chose se mit à gonfler au fond de sa poitrine, et il sentit l'humidité lui monter aux coins des yeux. Sans y rien pouvoir, il laissa les pleurs déferler. Il essaya bien de les arrêter, mais n'avait ni la force ni la volonté nécessaires. Donc il les laissa aller. Il pleura comme il ne se souvenait pas d'avoir jamais pleuré. Tout son corps tremblait comme dans des spasmes, et les larmes coulaient en larges flots de ses yeux dans la barbe. Assis au milieu du tas de charbon, il pleura toute sa misère hors de son corps, et c'est comme ça que Fjordur le trouva quand il se rua à la cabane, entre deux rafales, pour remplir son seau de charbon.

10

La véritable passion de Fjordur

... où le lecteur découvre avec une intense émotion, comme le traducteur avant lui, et l'auteur encore un peu plus tôt, le bouleversant passé de Fjordur.

Halvor passa le restant de janvier et un bon bout de février dans la couchette de Fjordur. C'étaient ses mains qui avaient le plus souffert. Elles avaient pris une teinte violacée dès qu'il était rentré à la chaleur, et elles lui faisaient si diablement mal qu'Halvor ne pouvait pas s'empêcher de hurler. Mais les hurlements étaient un bon signe, de l'avis de Fjordur, parce que là où il y a de la douleur, c'est qu'il y a aussi de la vie. Ses pieds également avaient souffert du gel. Des tumeurs poussaient au-dessus des chevilles, et le gros orteil du pied gauche devint en quelques jours bleu-noir et se mit à puer. Fjordur, qui avait vu quantité de gelures dans le Grand Nord canadien, enleva l'orteil mort avec une paire de tenailles, et Halvor se sentit tout de suite un peu mieux.

Les premiers jours, Halvor eut de la fièvre et délira en parlant, en criant parfois. Fjordur passait le temps à table, à tricoter, écoutant avec intérêt. Halvor parla de Dieu et de Vieux-Niels, et mélangea à tel point les deux que Fjordur eut l'impression que c'était une seule et même personne.

Le soir où Fjordur amputa l'orteil malade, Halvor avait les idées étonnamment claires. Après l'opération, il récupéra, la jambe accrochée sous la couchette supérieure, en sirotant un grog plutôt coriace que lui avait préparé Fjordur. Tout à coup, il dit :

— Ça doit être amusant de tricoter.

C'était un constat, pas une question ; Fjordur ne répondit donc pas. Plus tard, Fjordur se leva pour recharger la cuisinière. Le dos tourné à la salle de séjour, il dit :

— Ça vous occupe les mains.

Halvor pensa longuement à ces mots. Il les tournait et retournait dans sa tête sans arriver à leur trouver une réelle portée. Cependant, pour manifester sa compréhension de la manie du tricotage, il dit enfin :

— Après tout, ça fait de mal à personne.

Fjordur, qui s'était réinstallé à table, hocha la tête, tout en comptant ses mailles. Il regarda vers Halvor :

— Y en a des qui tricotent, dit-il à voix basse, et y en a des qui traînent les ombres du passé sur leurs talons.

Halvor se raidit. Son orteil découpé se mit à lui élancer atrocement, ce qui était tout à fait injustifié vu qu'il avait brûlé dans la cuisinière depuis longtemps.

— Tu sais ça ? demanda-t-il.

Fjordur hocha la tête et sourit.

— Ben, voyons. T'as pas arrêté de tchatcher pendant tout le temps que t'avais de la fièvre. Probable qu'on a tous quelque chose comme ça, Halvor.

Il se gratta le cuir chevelu avec son aiguille à tricoter.

— C'est comme si ce genre de choses prospérait mieux ici. Je ne sais pas exactement pourquoi, peut-être parce que nous avons plus de temps pour nous-mêmes que ceux qui vivent là-bas en bas dans leur Cocotte-Minute.

Halvor lissa la couverture, gêné. Il se sentait horriblement embarrassé que Fjordur soit au courant pour l'ombre de Vieux-Niels.

— Tu crois que je suis fou ? demanda-t-il dans un murmure. Surtout que ça m'est déjà arrivé d'avoir l'esprit qui bat la campagne.

Fjordur secoua la tête en souriant.

— Fou ? Mais non, comment peux-tu t'imaginer une chose pareille ? C'est pas nous qui sommes fous, Halvor. C'est seulement les autres qui pensent que nous le sommes, tous ceux qui ne veulent pas admettre qu'il existe des choses curieuses et inexplicables dans la vie.

— Mais, en toute logique, je crois que je ne devrais pas être capable de voir et de parler avec l'ombre de Vieux-Niels.

Fjordur posa son tricot.

— Mais, sacrebleu, qui dit que tout doit être logique ? demanda-t-il. Qui ose prétendre que l'ombre d'un mort, justement, ce serait pas de la logique, et que c'est peut-être seulement nos petits cerveaux qui n'arrivent pas à piger ? T'as aussi bafouillé tout un tas de choses au sujet de Dieu, j'suppose que t'as lu plein de trucs sur lui dans ton séminaire machin, là. Tu trouves que Dieu est spécialement logique ?

Halvor leva ses mains et les regarda. Elles étaient entourées de deux maillots de corps bouillis parce que la peau les avait quittées.

— Pourquoi tu tricotes en fait, Fjordur ? demanda-t-il doucement.

Fjordur fronça les sourcils.

— J'ai mes raisons, répondit-il, brusque.

Et il ne dit rien de plus. Ce soir-là.

Le soleil revint le 13 février. À ce moment-là, Halvor avait assez récupéré pour que Fjordur et lui puissent aller ensemble à sa rencontre jusqu'à l'île Kuhn. Les tumeurs sur les jambes avaient presque disparu, et une nouvelle peau avait recouvert ses doigts et le dos de ses mains. À part le fait qu'il boitait un peu parce qu'il avait du mal à recouvrer son équilibre eu égard à son orteil manquant, Halvor était pratiquement comme un sou neuf.

À l'intérieur de lui aussi il s'était passé quelque chose. Il était rempli d'une grande paix, ne pensait plus avec terreur au passé et n'avait plus aucune exigence par rapport au futur. L'ombre de Vieux-Niels l'accompagnait toujours, mais il la ressentait maintenant plutôt comme une protection dont il n'avait plus envie de se passer.

Ils partirent tôt le matin pour arriver jusqu'à l'île bien en avance, et ils y arrivèrent de fait une heure avant le lever du soleil. Au sud, une frange du ciel, à l'horizon, était rouge comme du feu ; ils s'installèrent sur le traîneau de Fjordur pour contempler la merveille.

Alors qu'ils étaient plongés chacun dans ses pensées, ce fut comme si Fjordur se mettait à penser à haute voix. Il parla de choses qu'il n'avait jamais mentionnées à quiconque auparavant, et sa franchise était de celle qu'on n'a que dans les heures extrêmes où il est impossible, grâce à l'obscurité, de voir si l'on rougit ou si l'on ment.

— Comme tu le sais peut-être, Halvor, j'ai passé de nombreuses années là-bas, de l'autre côté, en

Amérique, commença-t-il. Je suis arrivé dans la baie d'Hudson en tant que moussaillon et tout de suite, je suis tombé sous le charme de ce pays et de la vie qu'on y menait. Les premières années, j'étais un peu comme un apprenti chez un vieux trappeur dans la baie de Payne. C'était un vieil homme dur qui m'apprenait le métier à coups de cravache.

Fjordur passa un moment à tripoter les cordages du traîneau, ne sachant s'il lui fallait continuer ou non.

— Ça te dérange si je continue ?

— Pas du tout, répondit Halvor.

Qui regardait vers l'horizon lumineux, se demandant quand le miracle aurait lieu.

— Ce fut une période difficile.

Fjordur poussa un soupir à ces souvenirs.

— Mais un jour j'ai trouvé que j'avais assez appris. J'ai pris son fouet au vieux et lui ai filé une bonne raclée avant de partir à l'intérieur du pays à la recherche d'un territoire où je pourrais chasser moi-même. Il m'a fallu aller jusqu'à la côte, à la hauteur de l'île Southampton, avant de trouver un bon district. Il y avait beaucoup de renards dans les montagnes et plein de mammifères marins dans le fjord. Je me suis donc construit une cabane, et je me suis installé.

Fjordur regarda Halvor.

— Dis donc, ce serait pas une idée de se bouillir une tasse de thé en attendant ?

— Bonne idée, j'y pensais, avoua Halvor.

Ils sortirent le réchaud et remplirent une casserole de neige. Quand Fjordur eut allumé le réchaud, il continua :

— Au cours de ma première année seul, j'ai rencontré une fille. Une métisse, rajouta-t-il. Je l'ai trouvée couchée dans la neige à quelques kilomètres de ma cabane. Elle était en piteux état, mais quand j'ai voulu la ramener à la maison, elle a eu très peur et s'est violemment débattue. Mais je voyais bien qu'elle allait y rester si je la laissais, je l'ai donc ramenée malgré toutes ses protestations.

Fjordur sourit et regarda la neige qui lentement fondait dans la casserole.

— Elle s'appelait Pethua, dit-il. La plus fine petite femme qui ait jamais porté une paire de mocassins. Elle était montée avec sa famille jusqu'à Creevalley — quand j'y pense, c'est un drôle de nom pour une vallée dans ces contrées-là —, mais son père et ses deux frères avaient disparu dans une tempête de neige. Avec sa mère, Pethua était alors partie vers la côte, et en route elles étaient tombées sur une bande de trappeurs de la plus sale espèce qui les ont ramenées à la maison pour s'amuser un peu avec. Ce que ces fumiers ont fait avec ces deux femmes, je ne vais pas te fatiguer avec.

Fjordur serra les lèvres et ôta l'eau bouillante du réchaud. Il y jeta des feuilles de thé et servit dans deux cruchons.

— Les hommes qui circulaient dans la baie d'Hudson à l'époque ne craignaient ni Dieu ni diable. Bien sûr, dans le lot, y en avait d'honnêtes, mais y avait aussi une bonne part d'enfants de salauds. La mère de Pethua est morte du traitement qu'elle avait subi. Le jour où ils ont porté le corps de la mère pour le jeter dans une crevasse, sa fille a réussi à s'échapper sur une paire de raquettes qu'elle avait volée. Elle a couru vers le nord dans l'espoir de trouver des Eskimos qui voudraient bien l'aider. Grande chance pour elle, il neigeait beaucoup au moment où elle s'est échappée et ces canailles n'avaient aucune chance de la suivre à la trace.

» Pendant dix-huit jours, dix-huit jours, t'entends Halvor, elle a marché, la pauvrette. Quand je l'ai trouvée, elle s'était couchée pour mourir.

Ils burent du thé et restèrent un peu chacun dans ses pensées. Puis Fjordur continua :

— C'était le plus joli petit être qu'on puisse imaginer. Et bien sûr, elle a vite compris que je ne lui voulais aucun mal. Puis nous avons commencé à vivre ensemble, Halvor, ben oui, deux très jeunes gens comme nous l'étions à l'époque. Et en seize ans, je ne sais pas si on s'est quittés un seul jour. Je n'ai jamais, ni avant ni après, aimé quelqu'un comme j'ai aimé Pethua. C'était ma femme, c'était mon ami. Et elle est toujours là, dans ma tête, à me sourire, tu comprends, Halvor ?

— Oui.

Halvor hocha la tête. Il but un peu de thé et pensa à l'ombre de Vieux-Niels.

— Je comprends ce que tu ressens. Et je comprends que ce que tu me racontes a aussi un rapport avec le fait que tu tricotes. Est-ce que Pethua tricotait ?

Fjordur posa la cruche et alluma sa pipe. Il continua comme s'il n'avait pas entendu la question d'Halvor :

— Pendant seize ans nous avons eu le droit d'être heureux. Nous nous déplacions de lieu en lieu, construisions des petites maisons où nous pouvions hiberner, mais vivions à part ça en vrais nomades. Et jamais nous n'avons manqué de quoi que ce soit parce que j'étais devenu un bon chasseur, et que Pethua arrivait à faire tout à partir de rien, si tu comprends. Mais d'un seul coup tout s'est arrêté.

» Un hiver, Pethua était allée dehors pour ramasser des brindilles parce que nous allions fumer de la viande de renne. La nuit tombée, elle n'était pas encore rentrée. Inquiet, je suis parti à sa recherche, mais elle avait disparu.

» Pendant plusieurs mois, j'ai cherché en vain. Puis, un Indien errant m'a parlé de deux trappeurs qui séjournaient à une centaine de kilomètres plus au sud, deux fauves qui ne reculaient devant rien. J'y suis descendu et là, j'ai trouvé Pethua. Morte. Sa jambe avait été prise dans un piège à loups et elle était morte de l'hémorragie.

La main de Fjordur, crispée, serrait sa pipe.

— Tu comprends que j'étais abattu. Je l'ai ramenée et lui ai donné un enterrement convenable. Sur une pente tournée vers l'est et la mer, parce que Pethua adorait le soleil du matin et se levait toujours avec la première aurore.

Halvor aurait aimé dire quelque chose de convenable, mais il ne trouva rien. Fjordur comprit son silence et continua :

— Après ça, c'était comme si j'arrivais plus à trouver goût à quoi que ce soit. J'errais ou je passais le temps assis sur la colline à regarder le cairn qui recouvrait Pethua. Puis un jour j'ai eu la visite de l'Indien qui m'avait donné le tuyau concernant les deux trappeurs, et il m'a dit qu'ils étaient partis pour le cap Holden où ils se vantaient partout de la fille brune qu'ils avaient attrapée et avec laquelle ils s'étaient amusés, et comment elle avait été saignée par un piège qu'ils avaient posé au cas où elle essayerait de leur fausser compagnie.

Fjordur s'essuya le front et mordit durement le bout de la pipe.

— Deux fois, Halvor, deux fois qu'elle a dû traverser ce même enfer. Pourquoi ? Pourquoi elle, qui était si fine, si pure, si bonne ? Est-ce que tu peux, toi qui fais des études de curé et qui connais Dieu mieux que nous autres, est-ce que tu peux me donner une explication à ça ?

Halvor secoua la tête.

— Non, dit-il doucement.

— Mais est-ce que ça peut vraiment être la volonté de Dieu, ce que Dieu souhaite ?

— Je ne sais pas, répondit Halvor, je ne connais pas Dieu, Fjordur, même si j'ai lu beaucoup de choses sur lui.

Fjordur tira vivement sur sa pipe qui était en train de s'éteindre.

— J'ai suivi ces damnés pendant les trois quarts d'une année, dit-il. Ils ont vite compris que j'étais sur leurs talons, et ils se sont mis à fuir comme si j'étais le diable en personne. J'ai eu le premier à The Nail, un promontoire qui avance loin dans la mer. D'accord, il m'a balancé un coup de fusil dans la cuisse, mais j'étais tellement enragé que je ne l'ai même pas senti. C'est seulement quand j'ai eu les mains autour de sa gorge que je me suis rendu compte que ça lançait un peu dans ma jambe.

— Tu l'as tué ?

— Oui, avec le plus grand plaisir. Je l'ai tué comme les vieux chasseurs tuaient les renards autrefois. Je l'ai étranglé lentement.

— Et l'autre ?

— Celui-là, je l'ai eu quelque temps après, dans un camp de bûcherons. Avant qu'il expire, je lui ai fait donner les noms d'autres bandits dans le coin qui avaient accompli le même genre d'exploits. C'était devenu une obsession pour moi d'exterminer ces nuisibles.

— Tu en as eu combien, Fjordur ?

— Arh, j'sais pas exactement, je ne tenais pas les comptes. Mais pas mal.

Halvor laissa son regard courir dans le fjord. Une étroite frange d'ors et d'orange s'élargissait lentement au-dessus des montagnes au sud.

— Bjørken m'a dit que ta passion secrète, c'était le tricotage. Est-ce que Pethua tricotait ?

Fjordur hocha la tête. Il fixait le soleil qui maintenant, avec une lenteur et une majesté infinies, se levait derrière les montagnes.

— Oui. Elle m'avait appris à tricoter. Et quand j'ai eu passé quelques années à errer en exterminant des violeurs, je me suis rendu compte un jour que je ne pouvais pas continuer comme ça. J'étais devenu un mythe dans la baie d'Hudson, les gens avaient peur de moi, même s'ils savaient que je ne faisais rien de mal aux braves gens. C'est à ce moment-là que j'ai retrouvé un tricot inachevé de Pethua. Quand l'agitation me prenait, et que mes mains brûlaient de serrer le cou d'un criminel, je tricotais. Tricotais comme un diable. Cela donnait de la paix et de l'occupation à mes mains, et en même temps, c'était comme si je revivais un peu de la vie de Pethua. Tricoter devint pour moi une nécessité, tu comprends, soit je devais tricoter soit je devais tuer.

— Tu t'en es tenu au tricotage, alors ?

— En gros, oui. Naturellement, y a eu des rechutes de temps en temps, surtout quand j'entendais parler de viols à portée de main, ou en fin de saison, quand je n'avais plus de laine. J'étais très solitaire pendant ces années-là, Halvor, parce que même les honnêtes gens dans les districts m'évitaient. J'étais devenu une sorte de justicier qu'on n'avait pas tellement envie de fréquenter. Puis j'ai quitté la baie pour revenir en Islande. Et maintenant je suis ici.

Halvor le regarda rapidement.

— Et ici, tu as seulement, euh... tricoté ?

— Y a pas de violeurs ici, répondit Fjordur, et tu m'en vois soulagé. Maintenant tricoter est une habitude, un passe-temps et un souvenir heureux de ma Pethua.

Halvor regardait le soleil levant. Il ne s'en rassasiait pas. Le soleil ne resta levé que quelques minutes, puis s'en retourna vite d'où il était venu.

— Merci de m'avoir parlé de ta passion pour le tricot, Fjordur.

Il passa son cruchon vide à l'Islandais.

— C'est le plus beau lever de soleil que j'aie jamais vécu.

Fjordur grogna un peu en balançant les cruchons dans le sac du traîneau. Ensuite il alla jusqu'aux chiens et tira une grosse bestiole grise et blanche vers lui. Elle grognait sauvagement, lui montrait les dents et voulait lui mordre la cuisse.

— Alors, espèce de voyou, l'heure de la libération est arrivée, grogna Fjordur.

Il enleva le harnais du chien et l'envoya balader d'un coup de pied, loin sur la glace.

— Pourquoi tu le lâches ? demanda Halvor un peu surpris. Il y a quelque chose qui ne va pas avec lui ?

— Non, pas du tout. Mais c'est un putain de loup qui s'est glissé dans ma cabane annexe en novembre et qui m'a volé mon jambon de Noël.

Fjordur tenta d'effrayer le loup qui, couché sur la glace à un mètre de là, le fixait de ses yeux jaunes.

— Un loup ?

— Ouais, du genre vieux rôdeur solitaire. J'suppose qu'il a été expulsé de la horde, cette espèce de voleur. Et puis il m'a chouravé mon jambon de Noël. J'ai suivi ses traces et je l'ai retrouvé au milieu du fjord en train de se farcir les derniers morceaux du repas du réveillon. Quelques plombs l'ont anesthésié, et maintenant il a fait son temps de service devant le traîneau pour rembourser le jambon. Je lui ai promis qu'il pourrait s'échapper le premier jour de soleil. Et c'est aujourd'hui.

Fjordur lança une boule de neige sur le loup, qui ne bougea pas d'un pouce.

— Allez, va-t'en, pattes grises, hurla-t-il, et fous la paix à mes repas de fêtes la prochaine fois !

Il réenroula l'attelage du loup et le fourra dans le sac du traîneau. Le regard ébahi d'Halvor alla du loup jusqu'à Fjordur. « Un homme juste, pensa-t-il. Quelle étrange main de justice, ce Fjordur ! »

L'obscurité retomba rapidement, et, avant qu'ils ne soient de retour à Hauna, c'était à nouveau la nuit noire autour d'eux. Aucun d'eux ne remarqua le loup gris qui les suivait comme une ombre, et aucun d'eux ne remarqua quand le loup s'allongea, avec un soupir de satisfaction, à la place vide dans la chaîne des chiens.

11

Les ombres du passé

... où Bjørken prend bien légèrement des risques inconsidérés dans l'édification de Lasselille.

Halvor quitta Hauna au début du mois d'avril. Il emprunta trois chiens et un traîneau à claire-voie à Fjordur, son orteil manquant le rendant inapte à faire du ski. Le jour du départ, Fjordur était terriblement occupé à ranger la cabane annexe. Cette frénésie de rangement s'était emparée de lui avant même qu'Halvor soit levé, et ils n'eurent même pas le temps de prendre le café du matin ensemble comme à l'accoutumée.

Halvor ramassa ses quelques affaires, dont la plupart lui avaient été prêtées par Fjordur, et les porta jusqu'au traîneau. Il attela les chiens et se mit à attendre Fjordur. Mais Fjordur était affairé dans la cabane annexe. Il déplaçait les sacs de farine, versait du pétrole d'un grand jerrican dans de plus petits, rangeait les skis sur les étagères et alignait les raquettes contre le mur derrière, balayait, bref, n'avait pas du tout le temps de se montrer. Halvor alla jusqu'à la cabane.

— Bon, ben, je m'en vais, Fjordur.

— Bon voyage.

La réponse venait de la pénombre.

— Merci. Merci encore pour le séjour. Ça a été un très agréable moment, dit Halvor.

— Hum. Pas de quoi.

Fjordur était en train de pousser le tonneau de harengs salés jusque dans le fond le plus sombre et haletait sous l'effort.

— Bon, ben, au revoir alors, Fjordur.

— Au revoir et bon vent, Halvor, répondit l'Islandais.

Halvor venait de mettre les chiens en route quand Fjordur apparut devant la cabane. Il mit les mains en porte-voix devant la bouche et hurla :

— Si un jour t'as envie de venir hiberner, Halvor, vous êtes les bienvenus à Hauna tous les deux !

Halvor fit des signes avec le fouet et descendit vers le fjord. Les trois chiens étaient pleins d'énergie après les jours interminables passés à la chaîne, et galopaient à travers les glaces amoncelées sur le rivage. Halvor peinait pour les suivre. Tirant le traîneau léger, ils filèrent comme des dératés sur la glace luisante pendant quelques kilomètres avant de ralentir et de prendre ce trot régulier si particulier aux chiens de traîneau. Halvor allait vers le nord, en direction de Bjørkenborg. Il se tenait de biais pour supporter le vent dû à la vitesse, ses jambes se balançant un demi-pouce au-dessus de la glace. Le vent mordait l'une de ses joues et arrachait des larmes à son œil. Alors, de temps en temps, il changeait de côté pour rétablir un peu d'équilibre dans tout ça.

Halvor pensait aux derniers mots de Fjordur. Il regardait Vieux-Niels dont l'ombre s'agrippait au sac du traîneau suspendu au montant.

— T'as entendu, Niels, nous sommes bienvenus

tous les deux. Fjordur est un brave homme, il n'a rien contre toi.

— Ben, pourquoi il aurait quelque chose contre moi ? répondit l'ombre. Je ne lui ai jamais fait de mal.

Halvor secoua la tête.

— Tu comprends pas, Niels. Nous les mortels, nous ne croyons pas aux fantômes. Fjordur est une exception, mais faut dire aussi qu'il a vécu pas mal de choses. Que penses-tu que ceux de Bjørkenborg diraient à l'idée de t'avoir chez eux ? Là-haut, il faudra sûrement être un peu plus discret.

— C'est même pas sûr qu'ils remarquent mon ombre, se défendit Vieux-Niels.

— Ben encore mieux ! soupira Halvor. À ce moment-là, ils vont encore penser que je suis dingue. Si tu veux me rendre un service, Niels, tu te tiens un peu en retrait quand nous arrivons. Le mieux serait qu'aucun parmi mes camarades, à part Fjordur, ne se rende compte que tu traînes par ici. La plupart ne te verraient probablement pas, comme tu dis, mais ceux qui sont capables de comprendre ce genre de choses seraient peut-être terriblement effrayés. Les esprits ne poussent pas sous les arbres ici.

— Quels arbres ? demanda Niels.

— Justement, répondit Halvor avec un rire pour son vieux compagnon.

Halvor mit trois jours à arriver à Bjørkenborg, ce qui n'était pas mal avec seulement trois chiens. En route, il passa une nuit dans la cabane de l'Écho, une autre sur le traîneau dans le Fjord de Wihe et la dernière dans une grotte près du Glacier de Ross. Le quatrième jour, il eut le toit pointu de Bjørkenborg en vue. Il arriva le lendemain du jour où Bjørken avait disserté sur les Eskimos disparus du nord-est du Groenland, un discours que nous nous devons d'entendre, dans toute sa simplicité, pour comprendre les sentiments qui envahirent Lasselille peu de temps après.

Quand, à l'époque, Lause était mort et avait mis les voiles vers l'Amérique en tant que cadavre en salaison, Bjørken avait, dans la succession, hérité d'un certain nombre de livres. Dont une extraordinaire encyclopédie en un volume. Bjørken passa un hiver entier à étudier assidûment ce bouquin, et, quand il eut remis ça l'hiver suivant, on le considéra parmi les chasseurs comme l'homme le plus savant de la côte. Il n'y avait pratiquement plus rien que Bjørken ignorât. On pouvait lui demander le nombre d'habitants de Boukhara, qui avait peint *La Vénus d'Urbino*, le volume d'une molécule d'un gramme et plein d'autres choses du même acabit.

Malgré les nombreuses années passées en compagnie de Bjørken, Museau ne s'était jamais fait à l'immodestie notoire de son chef de station. Et ce nouveau fonds de connaissances, rajouté à l'ancien, c'en était trop pour Museau. Alors que c'était un plaisir sans limites pour Lasselille qui buvait, insatiable, à la source intarissable du maître.

Bjørken avait réponse à tout, ou presque. Et un jour où Lasselille demanda pourquoi il n'y avait pas d'Eskimos dans le nord-est du Groenland alors qu'il y en avait dans plein d'autres endroits en Arctique, Bjørken se renversa de façon doctorale sur sa chaise, regardant avec bienveillance son élève qui avait maintenant fini son apprentissage, et dit :

— Voilà une question tout à ton honneur, Lasselille. Parce qu'elle témoigne, malgré les apparences, de quelque chose d'éveillé dans ton esprit. Je crois finalement que tu es en train de devenir adulte. Tu t'es mis à penser, mais tu as cependant conservé le courage de l'enfant pour questionner quelqu'un qui détient la connaissance.

Bjørken lança une main en arrière et attrapa la cafetière qui ronronnait sur la cuisinière. Il se versa une tasse, et poussa la cafetière à travers la table vers Lasselille. Museau se leva rapidement, et Bjørken le regarda avec sévérité.

— Tu ne t'es jamais demandé, Museau, pourquoi nous n'avions pas d'Eskimos dans nos contrées ?

— Parce que c'est comme ça, murmura Museau.

Il attrapa en vitesse le seau à charbon et fila avant que Bjørken ait le temps de le retenir.

— Un esprit médiocre et veule.

En soupirant, Bjørken suivit du regard son vieux compagnon de chasse.

— Mais, bien que myope comme un élan, c'est un bon chasseur.

Bjørken ébroua son dragon cracheur de flammes contre le dos de la chaise et continua, à l'adresse de Lasselille :

— Il y a en effet eu des Eskimos, ici, sur la côte, mon ami. Et même pas mal. Et il n'y a pas tellement plus d'une centaine d'années que le dernier a été vu.

Bjørken renversa la nuque et regarda le plafond comme si les renseignements y étaient inscrits.

— Voyons. C'était en 1823. Dans la baie Gael Hamkes. Et le bateau était un brick, battant pavillon anglais et sous le commandement du capitaine Clavering. C'est ça. Maintenant je sens que ça me revient.

Lasselille regardait son chef de station, béat.

— T'arrives vraiment à te souvenir de tout ça, Bjørk ? T'es franchement phénoménal.

Bjørken ne le contredit pas.

— Oui, c'est pas la mémoire qui me fait défaut. C'est en 1823 que le capitaine Clavering trouva une petite tente en peau de phoque qui avait été montée quelques mètres au-dessus de la marque des marées. Les Eskimos se cachaient dans la montagne parce qu'ils avaient eu peur en voyant le grand bateau. Mais Clavering a réussi à établir un contact avec eux à l'aide d'une paire de moufles et d'un miroir. En tout, il a réussi à amadouer douze personnes, et on peut supposer que le groupe était au complet.

Lasselille voulait exprimer son admiration une nouvelle fois, mais Bjørken lui fit signe que ce n'était pas la peine.

— Maintenant je raconte, mon ami, dit-il avec gentillesse. Oui, c'est ça, il y avait douze personnes, femmes et enfants inclus. Mais tous ont disparu sans laisser d'adresse quand Mr. Clavering a laissé ses matelots leur montrer comment fonctionnaient les fusils. C'est vrai que ça a dû être dur à avaler pour ces pauvres sauvages de voir un phoque crever à cause d'une détonation. Essaye de t'imaginer ça, Lasselille. Imagine-toi que tu es un Eskimo et que tu rencontres Clavering et ses hommes, et que tu les vois tuer un phoque à cinquante mètres de distance, uniquement à l'aide d'une détonation.

— Ils n'utilisaient pas du tout de balles, Bjørk ?

— Bien sûr qu'ils utilisaient des balles, nigaud. Mais les Eskimos, eux, ne pouvaient pas le savoir.

— Ah, non.

Lasselille médita un peu sur tout cela. Puis il reprit :

— Il n'y avait que ces douze Eskimos sur toute la côte ?

— Personne ne le sait. À l'époque où Clavering les a rencontrés, il y en avait peut-être plus. Et avant il y en avait beaucoup. Si on n'a pas ses yeux dans sa poche en circulant dans les environs, on voit facilement qu'ils étaient nombreux.

— Ça m'a l'air incroyable. Que tu arrives à te souvenir de tout ça, oh là là.

Lasselille secoua la tête.

— Moi, j'arrive pas à me souvenir de ce genre de choses plus de cinq minutes. Et tout ce qui n'a pas vraiment grande importance, je l'oublie tout de suite.

Bjørken sourit de ses grandes dents jaunes. Son regard entoura le benjamin de la maison avec affection.

— C'est justement une des nombreuses différences entre nous, dit-il tendrement. Tu ne considères que très peu de choses comme importantes, alors que moi, je trouve que tout ce qui s'est passé, tout ce qui se passe et tout ce qui se passera est de la plus grande importance.

— Mais moi, j'ai jamais rien vu dans le coin qui ait appartenu aux Eskimos, dit Lasselille.

Bjørken, la bouche en cul-de-poule, plissa les yeux.

— Si j'étais toi, mon ami, j'aiguiserais ma faculté d'observation à l'extrême. Quand tu voyages le long de la côte, utilise tes mirettes. Tu verras alors plein de cercles de pierres, tu trouveras des pierres montées en carrés avec de longs couloirs, et tu découvriras des tas de choses si tu enlèves les mottes d'herbes à l'intérieur de ces pierres, des os, des pointes de flèches, des ustensiles de ménage, des jouets. Tout ce que les hommes ont possédé dans ces anciennes habitations d'hiver. Utilise tes yeux, bonhomme.

— J'y avais jamais pensé, répondit Lasselille, penaud. Je passe comme ça, sans vraiment regarder.

— Mais maintenant, tu sais à quoi tu dois être attentif. C'est surtout en été que tu peux avoir de la chance, parce que là, il n'y a pas de neige.

— Pourquoi y a plus d'Eskimos, Bjørk ?

— Personne ne le sait vraiment. Peut-être ont-ils émigré avec les rennes, peut-être ont-ils dégénéré à cause de la consanguinité et de la famine. Ou bien ils sont morts d'une maladie contagieuse apportée par les chasseurs de baleines. On ne le saura probablement jamais.

— C'est incroyablement intéressant, je trouve. On devrait en savoir un peu plus sur les Eskimos maintenant qu'on vit ici.

Bjørken l'approuva de la tête :

— C'est un peuple très intéressant à propagation circumpolaire.

— Circum... ?

— Circumpolaire, j'ai dit. Cela veut dire qu'on en trouve dans toutes les régions polaires, expliqua Bjørken, patient. Mais essaye de garder tes yeux ouverts, plus tard, je te parlerai davantage de ce peuple endurant et exceptionnel.

— J't'assure que je vais faire un effort, promit Lasselille. Allez, raconte encore un peu maintenant, Bjørk.

Lasselille regarda son chef de station d'un air suppliant.

Bjørken prit une nouvelle tasse de café. Il regarda droit devant lui, un peu hésitant, puis se redressa sur sa chaise et dit :

— Bon, alors je te raconte un tout petit peu. Pas

trop, parce que je crois que ton cerveau peut pas contenir grand-chose de plus.

— Raconte autant que tu penses que je peux contenir, supplia Lasselille.

Bjørken hocha la tête. Puis il se mit à discourir sur l'eskimologie. Il était tellement absorbé par son propre talent de conteur qu'il ne remarqua pas le moins du monde quand Museau se glissa à l'intérieur de la maison avec son seau de charbon, le déposa, et sans un bruit monta dans sa couchette. Quand Bjørken eut fini, Lasselille resta longuement sans un mot, tout à ses réflexions. Enfin il dit :

— C'est fantastique, Bjørk. Quel peuple quand même, ces Eskimos ! Mais j'arrive toujours pas à piger comment un peuple entier de ce genre peut disparaître comme ça. Tu penses pas qu'ils ont simplement quitté le pays dans leurs bateaux de bonnes femmes ?

Bjørken secoua la tête.

— Je ne crois pas, enfin, je doute que l'on puisse contourner la côte Blosseville en bateau de bonne femme.

— Mais un peuple entier, répéta Lasselille. J'arrive pas à me l'imaginer.

— C'est parce que tu manques d'imagination, mon ami. Comme nous le savons bien malheureusement, tu n'es pas très éveillé. Que Dieu t'aide sur ce chapitre. L'intelligence, c'est l'imagination, la capacité de représentation couplée avec une certaine sensibilité.

— Et toi, t'as tout ça, Bjørk ?

— De façon excessive, mon garçon, dit Bjørken, sincère.

— Tu crois pas que je suis au moins un peu sensible ?

Lasselille regarda son aîné, l'air déconfit.
— Si, un peu de sensibilité, on peut t'accorder ça, admit Bjørken.
Il fixa son ancien élève d'un air sévère.
— Si j'étais toi, Lasselille, je me mettrais immédiatement à m'imaginer toute cette côte peuplée d'Eskimos. Laisse ton imagination pousser au-delà de toute limite. Donne-leur vie, Lasselille. De cette façon, tu peux entraîner et exercer la partie de ton cerveau qui stagne, comme un champ en jachère, depuis de si nombreuses années.
— Comment tu veux dire, Bjørk ?
Bjørken poussa un profond soupir.
— Je veux dire que, quand par exemple tu te déplaces entre les cabanes pour contrôler tes pièges, quand tu es fatigué et engourdi et que tu as faim, tu devrais alors t'imaginer que la cabane à laquelle tu arrives, disons par exemple la cabane dans la Vallée du Rhum, c'est un campement d'hiver des Eskimos, et que là-dedans tu vas trouver de quoi manger, des vêtements secs et des gens qui sont tes amis. Tu dois te représenter toutes les choses agréables que les rapports avec les Eskimos peuvent t'apporter.
— Quelles choses agréables, Bjørk ?
Bjørken regarda le garçon en secouant la tête.
— Laisse tomber, Lasselille, ça n'ira pas. Oublie toute cette histoire de représentation.
Mais Lasselille était séduit par l'idée.
— J'aimerais tellement essayer ce truc-là avec la représentation ! De m'imaginer tout plein de choses.
— Alors, essaye, mon ami, n'hésite pas. On verra bien ce qui arrivera. De toute façon, ta vie n'est qu'une grande représentation, alors peut-être que tu découvriras quelque chose dans la confuse activité de

ton esprit, quelque chose qui nous a échappé, à nous autres du commun des mortels.

— Sûrement.

Lasselille sourit, confiant, car la confuse activité de son esprit lui fit présumer que Bjørken lui avait fait là un compliment.

À vrai dire, dès le lendemain, jour de l'arrivée d'Halvor à Bjørkenborg, des choses bizarres commencèrent à se passer dans la tête de Lasselille. Il avait passé une nuit presque blanche, s'était efforcé de s'imaginer qu'il voyageait dans les fjords illuminés par la lune, et tout d'un coup ce fut comme si son existence prenait une tout autre tournure, s'élargissait et devenait fantastiquement passionnante. Dans sa tête, il peuplait le paysage blanc et désert de plein de morts, leur donnait une nouvelle chair, un nouveau sang et des mots dans la bouche, et ils lui devenaient presque aussi familiers que Bjørken et Museau.

Halvor arriva dans l'après-midi. Il fut accueilli chaleureusement et ressentit une fois de plus le bonheur d'être le bienvenu. Il leur raconta ses mois à Cap Elizabeth et les visites chez Mads Madsen, Valfred et Fjordur. Subitement, Lasselille l'interrompit :

— Dis donc, Halvor, t'as vu les Eskimos ?

— Quels Eskimos ?

— Bah oui, tous ceux qui vivent sur la côte, expliqua Lasselille.

— Tu veux dire au Cap Sud ? Non, c'est seulement William et le Lieutenant qui y sont allés.

— Non, non, dit Lasselille avec zèle. Tous ceux qui sont ici depuis toujours. Ils vivent partout, n'est-ce pas, Bjørk ?

Bjørken fit un clin d'œil à Halvor.

— J'ai raconté quelques petites choses au garçon sur les Eskimos qui peuplaient la côte autrefois, tu comprends.

Lasselille regarda son chef de station, l'air triomphal.

— Je me les suis représentés, Bjørk, et ils sont complètement vivants, tous. C'est presque comme si je les avais toujours connus.

— C'est bien, mon jeune ami, parfait.

Bjørken sourit chaleureusement à Lasselille.

— D'ailleurs, tu penses pas que tu devrais aller contrôler les pièges du côté de la Pointe du Virus ?

— Si, mais maintenant que nous avons de la visite...

— Je penses que tu devrais filer. En plus, c'est des pièges à tapette, et tu sais bien que les corbeaux ont tendance à abîmer les peaux en cette saison. Si tu pars maintenant, tu peux être de retour avant que nous nous couchions.

— Bon, d'accord.

Lasselille, toujours serviable, se leva et disparut dans le grenier à la recherche de ses vêtements de traîneau. Il s'était installé là-haut à l'arrivée d'Halvor, laissant, en vertu des usages, le visiteur prendre sa couchette. Quand Lasselille fut parti, Halvor regarda Bjørken d'un air intrigué.

— Dis-moi, demanda-t-il. Il est en train de disjoncter ?

— Pas à ma connaissance, murmura Bjørken. Je crois plutôt qu'il est en train de se constituer une imagination débordante.

Museau eut un regard acide vers Bjørken à travers ses épais verres de lunettes.

— Pas étonnant, putain, avec tous ces bafouillages dont tu le gaves.

— Ce ne sont pas des bafouillages, cher ami, se défendit Bjørken, mais des faits historiques dont tu devrais prendre connaissance toi-même.

Il se tourna vers Halvor et lui résuma ce qu'il avait raconté à Lasselille la veille.

— Tu comprends, Halvor, dit-il ensuite, que ce genre de choses ne peut pas faire de mal à un jeune homme avide d'apprendre. C'est comme si ça rendait son environnement plus intéressant, plus vivant.

Halvor hocha la tête lentement. Bjørken avait raconté de façon bien vivante, il fallait l'admettre, et cette histoire de peuple disparu ne manquait pas d'intérêt. Museau ôta ses lunettes et se mit à les astiquer avec son maillot de corps.

— Espérons que ça ne va pas devenir trop vivant, murmura-t-il. La tête de Lasselille n'est pas construite de la même manière que les nôtres. N'oublie pas ça, Bjørken.

On oublia vite le petit discours édifiant sur les Eskimos et on laissa Lasselille tranquille avec ses représentations. Un jour cependant, on se rendit compte que son monde s'était radicalement transformé de l'intérieur. C'était au repas du soir, quelques semaines après l'arrivée d'Halvor ; il s'exclama :

— Dis, eh, Bjørk, y a quelque chose que je voulais te dire depuis longtemps, quelque chose que j'ai l'intention de faire, enfin, si tu trouves pas ça trop idiot !

Bjørken était en train de servir de la soupe de tapioca. Il distribuait les portions avec équité. Quand tout le monde fut servi, il hocha la tête vers Lasselille, pour l'encourager :

— Vide ton sac, jeune homme.

— Ouais, euh, tu vois, je m'imagine pas mal de choses depuis quelque temps et il se trouve que j'ai aussi appris à connaître certaines personnes là-dehors.

Bjørken se rappela son discours et sourit d'un air approbateur.

— Excellent, mon garçon, excellent.

— Oui, euh, et maintenant, euh, c'est que je suis, euh, comment dire, enfin, tu sais.

— Non, mon ami, je ne sais pas. Explique-toi plus clairement en mettant de côté tous ces euh.

Bjørken envoya des coups d'œil inquiets à Museau et à Halvor.

— Oui, euh...

Lasselille rougit jusqu'à la racine des cheveux.

— Elle et moi, c'est-à-dire... tu sais...

Il regarda sa soupe avec désespoir.

— C'est comme ça, couina-t-il, embarrassé.

— Comment, mon ami ?

— Oui, euh, moi et elle.

Lasselille s'arrêta. Il leva les yeux, l'air hagard, et bâilla comme un uvak qu'on sort de l'eau. Il n'avait même pas le nom de la fille. Il l'avait dans sa tête, comme il l'avait imaginé. Et ça y était depuis longtemps. Il l'avait employé aussi quand il était avec la fille, mais maintenant qu'il devait le former avec ses lèvres, pour ainsi dire pour l'offrir à ses amis, le faire sortir de la bouche avec sa langue de manière que tout le monde l'entende, ça avait disparu.

— Moi et qui, alors ? s'enquit Bjørken.

— Oui, c'est-à-dire la personne dont j'ai fait la connaissance et que, oui, j'apprécie énormément.

Lasselille tourna habilement autour du pot.

— Elle et moi, on a envie d'être un peu tranquilles, si tu comprends. Et c'est pourquoi je voudrais partir m'installer dans la cabane du Rhum pendant quelque temps, t'as rien contre ?

Halvor et les deux aînés de Bjørkenborg aidèrent Lasselille à se mettre en route. Ils étaient pleins de gentillesse et lui témoignaient beaucoup de compréhension. Chacun a sa croix à porter et celle-là c'était celle du garçon. Lasselille partit avec une bonne provision de pétrole, bien qu'il ait prétendu qu'ils pouvaient très bien se débrouiller avec les lampes à graisse dont elle avait l'habitude. On lui donna des biscuits de survie, du porc salé et un quart de bœuf, le tout attaché sur le traîneau. Puis Lasselille partit s'installer avec les ancêtres du pays. Museau, Bjørken et Halvor suivirent longtemps des yeux le traîneau, et, quand il eut disparu, ils retournèrent dans la chaleur de la maison.

Museau posa ses lunettes sur la table pour que la buée disparaisse. Il s'installa devant la cuisinière et se frotta les mains pour les réchauffer.

— Ça, c'est vraiment un cas bizarre de vertigo, dit-il, ouais, presque à la hauteur de celui du Lieutenant.

Bjørken avança les lèvres en pointe et sourit.

— On pourrait, faute de mieux, établir certains parallèles entre la vierge froide, Emma, et cette fille des temps anciens, dit-il en préliminaire, mais ce serait une erreur de taille. Emma était une invention commerciale que Mads Madsen avait fabriquée exprès pour la revente, alors que la fille eskimo de Lasselille est tout à fait réelle. Un signe surprenant d'intelligence, oui, messieurs, vous m'en voyez vraiment surpris.

— Vraiment ? souffla Museau. V'là qu't'as le vertigo toi aussi, Bjørk ?

Il y avait du ravissement dans la voix de Bjørken quand il dit, sans prêter attention à la vanne de Museau :

— Cela, mes amis, nous montre que notre cher Lasselille possède une bonne dose d'imagination. Non seulement il a fait preuve d'un don de représentation élargi, d'une capacité à se familiariser avec des cultures anciennes, mais il a aussi réussi à cohabiter avec ces ombres du passé.

Halvor lorgna vers la caisse à charbon où l'ombre de Vieux-Niels se faisait toute petite entre l'armoire et la cuisinière.

— En fin de compte, dit-il sans regarder Bjørken, le monde est peut-être peuplé de bien plus d'ombres que celles que nous projetons.

Bjørken regarda son visiteur avec ravissement.

— Justement, Halvor. Je savais que tu comprendrais parce que tu es un homme qui a fait des études et qui a encore de solides racines dans le passé. Les ombres du passé ! Hum. Des mots pleins et savoureux. Nous nous sommes sérieusement trompés au sujet de ce garçon, Museau.

Halvor quitta du regard l'ombre de son compagnon.

— Tu as dis que la fille eskimo était réelle. Qu'est-ce que tu veux dire par là ? demanda-t-il avec intérêt. Prétends-tu que des Eskimos vivent vraiment ici sur la côte ?

— Oui, d'une certaine manière.

Bjørken posa un bras paternel sur l'épaule d'Halvor et le mena vers la meilleure chaise de la maison.

— Assieds-toi, Halvor, et mets-toi à l'aise. Je vais te servir une tasse de café, et pendant que nous le dégustons, je vais en toute simplicité et sans utiliser des mots trop compliqués pour toi t'expliquer quelques petites choses du domaine de la parapsychologie, le positif, le négatif et tout ça.

Avec un soupir, Museau attrapa son anorak au portemanteau. Il s'empara du seau à charbon et se glissa vers la porte. Au moment où il l'ouvrait délicatement, il entendit la voix enthousiaste de Bjørken.

— Ce garçon est un visionnaire, Halvor, tu saisis ? Par tous les dieux, c'est un visionnaire !

Museau referma la porte derrière lui. Il secoua la tête et murmura pour lui-même :

— Ce garçon, il a surtout besoin de se faire redresser le compas, c'est pas plus grave que ça.

12

La veine d'Anton

... où notre scribouillard, après avoir commis son roman, donne dans la fresque épique, sans se savoir menacé par un retour en force de la poésie à l'eau de rose.

Ce printemps-là, Anton fit un retour sur lui-même. Non qu'il fût insatisfait de l'existence, loin de là, mais simplement parce qu'il avait commencé à écrire des poèmes et qu'il était persuadé que c'était à la force du poignet qu'il fallait extraire ce genre de chose du tréfonds de son âme.

Le printemps était arrivé. Et Anton écrivait des poèmes. Il les adressait tous à une femme particulièrement splendide. Pas à une femme précise, ni aux femmes de manière générale, mais à la femme sans visage. Celle à laquelle il rêvait en cette saison quand il s'allongeait sur la couchette supérieure.

Pour Anton, ce printemps prit une allure particulière. Les poèmes sortaient de lui comme les chiures d'un veau de lait, et, au fur et à mesure qu'il pénétrait au plus profond de son âme, la qualité de ses poèmes s'en trouvait améliorée. Herbert qui, dès le premier jour, avait été un fervent admirateur du roman d'Anton, était plutôt réticent en ce qui concernait sa poésie.

— C'est pas ton terrain de chasse, Anton. Des gribouillis comme ça, c'est du menu fretin pour un grand chasseur comme toi. Range tes poèmes sur l'étagère et écris plutôt un nouveau roman.

— Mais ça vient comme ça, expliqua Anton, que je le veuille ou non. C'est le fleuve du printemps, Herbert, et on ne peut pas l'endiguer comme ça, sans façons.

Herbert se montrait compréhensif, mais il était passablement inquiet. Parce que la poésie menait toujours à la même chose. Il avait l'expérience de plusieurs bons chasseurs qui avaient été minés par cette même langueur. D'abord ils écrivaient à en électriser l'atmosphère autour d'eux, ensuite ils apprenaient tout ce galimatias par cœur, puis tout d'un coup il leur fallait absolument partir au Danemark pour déposer leur paquet devant plus dingue encore qu'eux. Quel bordel, cette poésie ! Anton s'était pourtant bien comporté pendant plusieurs années. Pas la moindre inclination pour des bizarreries. Et puis, patatras, les poèmes leur étaient tombés dessus comme une avalanche. En fait, Herbert savait très bien où ça coinçait. Si seulement on avait eu Emma ou la sage-femme du Lieutenant sous la main... Ou si Anton avait vraiment pété les plombs, il aurait pu descendre voir Lasselille et partager les filles préhistoriques avec lui.

C'était comme si Anton avait quitté le monde du nord-est du Groenland. Il composait à tire-larigot dans la journée, se relisait et apprenait par cœur le soir, et récitait en chuchotant ses productions la nuit, à la dame sans visage. Herbert, dans la couchette supérieure, souffrait et s'inquiétait.

Puis un jour, les poèmes changèrent de caractère. De ravissants poèmes d'amour pâmé, Anton passa à la fabrication en série de longues épopées sur la liberté. Herbert ne saisissait pas complètement ce qu'Anton mettait dans cette liberté, mais ces poèmes sur la liberté constituaient en tout état de cause un mieux par rapport aux tirades sur l'amour chevaleresque. En plus, la nuit, Herbert avait à nouveau la paix vu qu'Anton ne les récitait pas dans sa couchette inférieure.

Anton avait très envie qu'Herbert comprenne sa poésie. Il lui parlait des rêves et des espérances qui l'avaient fait venir en Arctique, la vie des héros polaires à propos desquels il avait tant lu, et sa déception lors de sa rencontre avec Valfred. Parce que Valfred était la réalité, et que cette réalité-là ne correspondait en rien aux idées qu'il s'en était fait.

Petit à petit cependant, Anton avait réussi à prendre ses distances avec les exploits de ses héros. Il avait appris à mesurer l'écart entre leur vie et celle qu'il menait lui-même. Et plus il passait de temps au Groenland, moins cet écart lui semblait grand. Parce que lui aussi peinait comme une bête dans la neige épaisse et dans ce froid insupportable. Lui aussi se gelait, souffrait de la faim et bataillait comme les humains au nord du Cercle polaire ont toujours été condamnés à le faire. Et tout comme beaucoup de grands héros polaires, il avait été impressionné par ses propres forces et la merveilleuse liberté qui lui était offerte dans ces immenses étendues. C'était comme si, disait Anton, les étoiles brillaient plus fort ici qu'à Rødovre dans la banlieue de Copenhague, et qu'ici la lune brillait avec une lumière de conte de fées, bien plus que les quarante watts que le bon Dieu avait suspendus au-dessus des toits des faubourgs. Il était devenu, disait-il, un homme libre, un être humain qui ne désirait pas grand-chose d'autre que de pouvoir préserver cette liberté.

— Mais alors, les autres poèmes ? demanda Herbert.

— Ils sont une partie de la liberté, répondit Anton.

Comment tout cela tenait ensemble, Herbert n'arrivait pas vraiment à le comprendre, mais il était si content d'échapper aux poèmes d'amour qu'il préféra ne pas risquer de remuer tout ça en posant la moindre question de plus.

— T'as raison avec cette histoire de liberté, dit-il au jeune poète. C'est un cadeau qu'on doit préserver. Le besoin de liberté, Anton, c'est quelque chose qui reste accroché jusqu'à la fin de nos jours. Une fois qu'il s'est accroché, on ne s'en débarrasse plus, tout comme la malaria ou la cirrhose du foie ou encore la calvitie. Conserve-le bien. Reste où tu es et ne change rien à tes habitudes. Beaucoup d'hommes ne supportent pas la transplantation, je peux te le dire. S'ils partent d'ici en rêvant de quelque chose de mieux, le vertigo les prend, et ce vertigo-là c'est bien autre chose que notre modeste vertigo polaire.

Au plus grand soulagement d'Herbert, Anton ne fit pas de rechute. Il continua avec ses épopées sur la liberté qu'il notait dans ses cahiers de brouillon, là où se trouvait également son roman. Au contraire des poèmes, Herbert adorait le roman. Il avait assisté à sa gestation. L'avait suivi de phrase en phrase, et, au cours du travail, avait pris conscience avec fierté qu'il partageait la maison et le lit gigogne d'un authentique écrivain. Herbert avait été à ce point émerveillé qu'il avait emprunté à Anton ses cahiers et s'était rendu à Bjørkenborg où il avait lui-même lu toute cette longue histoire à haute voix aux habitants.

Après la lecture, Museau avait hoché la tête d'un air significatif, les yeux fermés derrière ses épais verres de lunette. Lasselille était resté bouche bée et les yeux brillants, bien qu'il n'ait pas compris un traître mot au roman. Lasselille prenait tout au pied de la lettre, et, comme le livre regorgeait de métaphores, Lasselille s'y était très vite perdu. Bjørken, en revanche, avait longtemps tapé de son index contre ses incisives, avait énergiquement gratté le trois-mâts carré qui lui naviguait sur les vaguelettes de la poitrine et s'était exprimé :

— Prometteur, particulièrement prometteur de la part d'un si jeune homme.

Propos flatteurs s'il en est dans la bouche de Bjørken. Le roman avait fait toute la côte, et toute la population, à l'exception de Valfred qui s'endormait invariablement sur la moindre ligne écrite, l'avait lu. D'une certaine manière, Herbert se sentait comme l'éditeur d'Anton puisqu'il avait lancé l'œuvre à son aurore et recueilli les louanges en lieu et place de l'auteur.

Pour s'enfoncer encore davantage dans son âme, Anton se livra, au beau milieu de sa phase de liberté, à l'introspection. Pour ne pas être dérangé, il montait dans la montagne derrière la Bosse de Svensson et s'installait près de la rivière encore gelée. Il ne savait pas exactement comment s'y prendre, mais décida de commencer, sans risque majeur, par sa prime enfance. Rapidement, il parcourut les souvenirs épars, poursuivit avec ses années de petit garçon et parvint à traverser l'adolescence sans rougir une seule fois. Il s'arrêta seulement au moment où il s'était installé chez Valfred à Fimbul. Le sentiment d'être sur une voie de garage s'insinua en lui. Était-ce encore de l'introspection ? N'était-ce pas tout bonnement ressasser quelque chose qui était déjà historique, comme aurait dit Bjørken ? Naturellement tout cela avait participé à l'édification de la personnalité d'Anton Pedersen, mais ces observations sur un passé si récent ne pourraient jamais donner de la substance aux nouvelles créations dont il voyait son avenir jalonné.

Anton se mit à contempler ses mains. Elles étaient larges, avec de longs doigts et des tendons puissants s'étirant sur leur dos. Les mains d'Anton Pedersen. Les deux outils d'Anton qui savaient s'acquitter de la plupart des choses. Ici, il y avait une ligne qu'il ne savait pas lire. La ligne de sa vie : comment elle s'était formée et quelle tournure elle allait prendre à l'avenir. Anton se sentit étrangement sublimé en regardant cette ligne. C'était donc ça, sa vie. Tout son monde de poésie et de réalité. Il lui était malheureusement impossible de prévoir que le destin lui avait préparé une surprise singulière dans un avenir proche, une surprise qui allait le ramener aux poèmes d'amour avec une force accrue. Pour comprendre ce revirement nous devons, quelques instants, quitter la Bosse de Svensson, et même l'Arctique, pour nous aventurer sous d'autres cieux bien plus cléments.

13

Miss Ma Kin Mahoon

... où l'auteur prie son lecteur de ne pas le croire atteint par le vertigo et l'assure que le passage par les moiteurs de l'Inde ne constitue qu'un petit crochet.

Ma Kin naquit en juillet, par un jour de canicule, un siècle trop tard environ pour devenir une des vraiment grandes aventurières de l'histoire. À sa naissance, les sources du Nil avaient été trouvées depuis longtemps, l'Amérique du Sud avait été reconnue de long en large, et l'on avait atteint des hauteurs inimaginables et des profondeurs invraisemblables. On avait même commencé à sillonner le ciel dans des machines volantes, ce qui voulait dire que le peu qui restait encore à découvrir le serait maintenant en un temps record.

Tout comme elle fut incapable de choisir le moment de sa naissance, elle fut aussi coupée de toute possibilité de choisir ses géniteurs. L'ovule se détacha dans le ventre d'une danseuse d'un temple thaï, et fut fécondé par le commissaire du district, Mr. Charles Mahoon, qui fut tellement transporté par la jeune beauté cuivrée qu'il en oublia complètement la respectabilité de son nom, la prééminence de son rang et, au passage, son épouse, Mrs. Dorethy Fawcett-Mahoon, la propre fille du gouverneur du Bengale, Sir Edwin Fawcett, soi-même.

L'existence de Ma Kin resta un secret pendant un an et demi. Et, quand il fut éventé, Dorethy Fawcett-Mahoon eut l'héroïsme d'écarter le scandale en regagnant Londres où, avec l'aide d'un avocat compétent, elle réussit à scier le Mahoon de son nom. Le père de l'enfant régularisa avec enthousiasme sa relation avec la danseuse, laquelle s'installa dans sa maison comme domestique, mais sans aucune contrainte d'ordre ménager.

Quand Charles Mahoon, au bout de quatorze ans de bons et loyaux services en Birmanie, fut gratifié du poste de gouverneur à Bunam, la danseuse de temple et sa fille suivirent. Là, dans les montagnes du Cachemire, la ravissante petite bâtarde grandit et devint quelque chose qui devait vite se révéler absolument sauvage et totalement incontrôlable. Sa mère ne supportait pas le climat froid des montagnes. Elle tint le coup pendant deux ans, puis s'en retourna dans la chaleur de la Birmanie où elle se maria avec un négociant en bois, propriétaire de huit éléphants. Elle abandonna sa fille, Ma Kin, à Mr. Mahoon qui l'aimait tellement que, faisant fi de toute honte, il lui donna son patronyme.

Charles Mahoon avait deux résidences. Il passait les hivers dans le climat tempéré de Jammu et les étés dans celui, tout aussi tempéré, de Srinagar au Cachemire.

Enfant, Ma Kin voyait de l'escalier de la résidence une montagne haute de huit mille mètres, du nom de Nanga ; toute sa vie, elle rêva de l'immense ciel bleu qui couronnait cette montagne. Dans ce ciel habitait, au dire de Singh, le vieux serviteur pathan, le Dieu unique, et là-haut les choses se passaient joyeusement avec des houris, de la musique, des danses et des gâteries. Ma Kin en déduisit très rapidement qu'en fin de compte, au ciel comme sur la terre, les bonnes choses profitaient bien plus aux hommes qu'aux femmes, raison pour laquelle elle adopta sans autre forme de procès un idéal masculin.

À la grande angoisse de Mr. Mahoon, Ma Kin grandissait sans satisfaire aucune des attentes qu'on pouvait légitimement avoir vis-à-vis d'une fille de gouverneur. Elle faisait des concours de natation avec les garçons indigènes entre les péniches familiales sur la Jhelum, escaladait des massifs avec des montagnards chevronnés, jouait mieux au polo qu'aucun officier au service de Sa Majesté, et conduisait déjà à quinze ans la voiture de service de son père comme un gangster aux abois. Il y avait de la vitesse chez Ma Kin, et elle n'avait pas dix-sept ans que ses exploits étaient déjà légendaires dans tout le nord de l'Inde, faisant d'elle un parti particulièrement peu souhaitable dans les hautes sphères, et, partant, un poids pour son père.

À titre d'essai, Ma Kin fut envoyée dans une école pour demoiselles en Suisse. Le pays, certes, jouissait du même climat alpin que le Cachemire, mais n'en avait pas tout à fait le caractère sauvage, et Charles Mahoon espérait que cela aurait une influence lénifiante sur Ma Kin. Mais après moins de deux mois de séjour à l'internat Sainte-Gabrielle, Ma Kin fut renvoyée. Le gouverneur reçut une lettre argumentée du directeur de l'établissement lui recommandant un certain Dr Stutzmeir à Lausanne, renommé pour ses réussites dans le traitement de jeunes femmes schizophrènes et sexuellement déviantes. Ma Kin lui écrivit aussi. Elle racontait avec enthousiasme son ascension de l'Aiguille Blanche avec deux alpinistes français, décrivait avec ravissement la nuit qu'elle avait passée dans leur tente, et l'indignation qu'elle avait éveillée en revenant à l'école habillée d'un court pantalon de cuir, d'une chemise d'homme et d'un béret de chasseur alpin.

Comme Mr. Mahoon craignait par-dessus tout de la voir revenir en Inde, il se tourna dans sa détresse vers son frère aîné George. Celui-ci promit d'aider Ma Kin à s'installer à Londres, et, peu de temps après, elle se retrouva dans le pays natal de son père. Oncle George était un célibataire joyeux et fortuné qui vivait de l'héritage familial et dont la seule véritable passion était la chasse. Il ne se mêlait pas de ce que faisait Ma Kin, pas plus que ne lui venait à elle l'idée d'émettre la moindre critique sur les nombreuses habitudes bizarres de son oncle. Tous deux vivaient ensemble dans une entente cordiale, manifestaient de l'intérêt l'un pour l'autre et nouèrent rapidement une relation bien plus tendre que celle prévue dans le strict cadre des relations familiales.

Ma Kin était une beauté. Elle avait le corps mince et souple de sa mère, les yeux bleu foncé de son père, des cheveux du plus beau jais et une peau comme du cuivre rutilant. Au début, à Londres, elle eut beaucoup de soupirants. Mais aucun d'eux ne tint le coup très longtemps parce que c'est à petites doses qu'il fallait prendre Ma Kin et aucun d'entre eux n'en eut la patience.

À dix-neuf ans, elle pensa qu'il lui fallait vivre une grande aventure. Et, avec le sérieux qui la caractérisait, elle prépara dans les moindres détails cette aventure. Au grand amusement de son oncle, elle entra en apprentissage, en tant que mécanicien, chez les frères Whaler qui fabriquaient, à la main, vingt voitures Whaler chaque année. Quand les frères n'eurent plus rien à lui apprendre, elle chercha à entrer chez Smith & Dewport qui fabriquaient des moteurs d'avion, cet appareil qui avait suscité en elle tant de rêves.

Ma Kin n'arrivait pas à oublier les montagnes bleues autour de Nanga, et souvent languissait de les revoir. À vingt ans, elle apprit à voler, passa un an dans l'escadrille des Cowderson et se mit ensuite à préparer sérieusement le vol au long cours qui la ramènerait au Cachemire. Mais elle voulait d'abord s'entraîner et accumuler de l'expérience en faisant des vols plus courts, des vols qui la mèneraient vers d'autres montagnes bleues. Avec l'argent de son oncle, elle se procura un Avro Avian III du même type que celui qui avait mené Lady Heath du Cap jusqu'à Croydon en 1928. L'avion fut doté de réservoirs supplémentaires, d'un dégivreur et des instruments de navigation dernier cri, et, par un jour frais et pluvieux d'avril, elle décolla d'un champ en dehors de Londres et mit le cap sur l'Islande.

Après une escale de vingt-quatre heures à Reykjavík, elle continua en direction des montagnes bleues. Elle décolla tôt le matin, passa en vrombissant au ras de la ville encore endormie et mit cap au nord-est. Il faisait presque jour, et une bande rouge de soleil levant liait le nord et le sud sous une chaîne de nuages bas et étirés sur l'horizon. Ma Kin stabilisa le régime moteur et continua à basse altitude au-dessus de la mer rose.

La traversée du détroit de Danemark lui prit six heures. Et quand elle eut la côte du nord-est du Groenland en vue, son cœur se mit à battre dans sa poitrine. C'était plus beau encore qu'elle l'avait espéré. Presque aussi beau que l'Himalaya.

Elle suivit la côte, passa à la hauteur de Kap Thompson où elle découvrit une petite cabane loin au-dessous d'elle, survola l'île Clavering, et, quand elle eut dépassé l'île Kuhn, un immense bonheur lui réchauffait le cœur.

Un peu au nord de la Vallée du Rhum, les choses se gâtèrent. Le moteur se mit à avoir des ratés. Il émit quelques bruits secs qui secouèrent toute la carlingue, et, même le starter poussé à fond, il ne retrouva pas sa régularité. Ma Kin jura en anglais puis en ourdou, et se prépara à faire un atterrissage de fortune sur le fjord couvert de neige.

Le moteur rendit l'âme quelques instants avant qu'elle ne pose la machine. Le train d'atterrissage du côté droit cassa et l'avion glissa une bonne cinquantaine de mètres sur l'aile avant de s'immobiliser. Ma Kin resta un moment à cligner des yeux devant la forte luminosité créée par la neige étincelante. Puis elle ouvrit la porte et sortit.

Curieusement, deux personnes seulement dans tout le nord-est du Groenland remarquèrent le survol de Miss Ma Kin. Le premier était Anton qui revenait de Guess Grave, la tête remplie d'un ensemble de poèmes grandioses sur la liberté. Il avait fait un voyage merveilleux à travers le Pays Voyeur, jusqu'à la Baie de Scoone, et se dépêchait maintenant de redescendre vers le sud pour pouvoir faire apprécier sa poésie à Herbert, pendant qu'ils aéreraient et sécheraient les peaux des renards de l'hiver.

L'autre était Halvor qui, après sa visite à ceux de Bjørkenborg, voulait retourner à Cap Elizabeth pour y attendre l'arrivée de l'été. Il se réjouissait à l'idée d'y revenir, parce que même si une grande sérénité s'était installée en lui, sa tête était encore remplie de pensées qu'il lui fallait exprimer et mettre en ordre. Il n'avait toujours pas retrouvé ce qu'il avait oublié, pour la bonne raison qu'il ne savait toujours pas ce que c'était, mais il s'était réconcilié avec l'existence et avec Vieux-Niels qui le suivait toujours comme une ombre, un peu plus pâle maintenant qu'il faisait jour vingt-quatre heures sur vingt-quatre.

Halvor remontait tranquillement le long du large Fjord de Wollen avec ses chiens. Eu égard aux pattes des chiens, c'était de nuit qu'il avait cheminé, et vers midi il commença à avoir sommeil. Il s'arrêta, dressa la tente et se prépara un gobelet de thé. Puis il attacha les chiens entre les skis qu'il avait empruntés à Bjørkenborg et se coucha.

Il s'endormit rapidement. Et dormit profondément jusqu'au moment où l'avion de Ma Kin passa juste au-dessus de la tente dans un détestable rugissement. Ce fut comme le jour du Jugement dernier. Tout le vacarme de l'enfer se leva comme une muraille autour de lui, et il se dressa avec un hurlement de terreur. Il regarda, terrorisé, alentour. Le bruit s'était arrêté. Puis il entendit un bruit de raclement à travers les jappements furieux des chiens, et, quand il sortit la tête de la tente, il resta bouche bée. Là, sur la glace, à une cinquantaine de mètres de la tente, gisait un avion affalé sur une de ses ailes. Une porte s'ouvrit et quelqu'un sauta sur la glace et se mit à inspecter la machine.

Halvor attrapa ses vêtements et s'habilla à la hâte. Quand il sortit de la tente, il vit que le pilote s'était installé sur la roue intacte et était en train de boire du café d'un Thermos.

Ma Kin n'éprouva aucune frayeur à la vue d'Halvor. Elle lui sourit et enleva son casque d'aviateur. C'est seulement à ce moment-là qu'Halvor découvrit que c'était une femme.

— *Have a cup ?* proposa Ma Kin.

Elle lui montra le Thermos.

Halvor bêcha dans sa mémoire pour retrouver des bribes de langue anglaise.

— Oui, dit-il, merci beaucoup.

Ma Kin versa du café dans le bouchon à vis du Thermos. Puis elle montra la machine.

— J'ai eu des problèmes. Crois bien que le carbu a givré.

Halvor hocha la tête. Ça n'avait rien d'impossible. Il lorgna vers la roue endommagée et l'aile légèrement cabossée. Ma Kin suivit son regard.

— Où habite le forgeron le plus proche ? demanda-t-elle.

Halvor la regarda avec curiosité. Elle était mignonne. Petite et mince et avec un beau visage exotique. Il calcula rapidement dans sa tête.

— Environ six cents kilomètres d'ici, répondit-il.

Ma Kin le regarda avec surprise.

— Ah, si loin. Vous êtes sûr qu'il n'y en a pas un peu plus près ?

Halvor réfléchit à nouveau. Évidemment, il y avait Lodvig. Il tâtait un peu de tout et c'était toujours lui qui faisait les ferrures pour les traîneaux de la côte.

— Nous avons un chasseur par ici, dit-il, qui est aussi une sorte de forgeron, mais je ne sais pas s'il répare des avions.

— Pourvu qu'il ait les outils, répondit Ma Kin, je pourrai me débrouiller toute seule. Il habite où ?

— À cent vingt kilomètres seulement.

Ma Kin éclata de rire. Ce rire plut à Halvor. C'était comme les grelots d'un traîneau dans le lointain ou le doux tireli du bruant. Un rire qui ne cassait pas le silence majestueux du fjord.

— Quelles distances vous avez ici !

Elle jaugea le grand Norvégien. Il était large et trapu, et avait une abondante tignasse blonde qui partait dans tous les sens. Ses yeux gris avaient une expression mélancolique, et sa barbe lui arrivait presque jusqu'à la poitrine. Le haut de son corps était couvert d'une chemise à carreaux noirs et le bas d'un pantalon noir et laineux. Dans un étui en peau de phoque, sur sa cuisse droite, un revolver de gros calibre se balançait.

— Voulez-vous m'aider à remorquer l'avion jusque chez le forgeron ? demanda-t-elle.

Halvor finit son café. Il regarda la machine et secoua la tête, sceptique. D'accord elle était charmante et pas chanceuse. Mais même si elle avait réussi à monter jusqu'au Groenland dans ce genre de boîte à sardines et à la poser au milieu du Fjord de Wollen, mieux valait quand même qu'elle apprenne tout de suite qu'il y a des limites à ce que l'on peut se permettre de demander à autrui. Il lui rendit le bouchon.

— Merci pour le café, dit-il. Si je peux aider pour autre chose, vous n'avez qu'à le dire. Je suis là-bas, dans la tente.

Le sourire de Ma Kin se figea et elle fronça les sourcils. Dangereusement. Elle se versa encore un gobelet et regarda en direction d'Halvor, furieuse. Halvor retourna à ses appartements, se glissa dans son sac de couchage et essaya de se rendormir. Mais il n'arrivait pas à tenir la fille et son maudit avion à l'écart de ses pensées. Quand il eut passé une bonne heure à se retourner, il se leva et mit de l'eau à bouillir pour le thé du matin. Il ouvrit une fente dans la porte de la tente et regarda dehors. Elle était toujours en train de bouder sur la roue de son avion.

Pendant qu'Halvor buvait son café et mangeait son biscuit de survie ramolli dans son thé, il médita sur son comportement. N'avait-il pas manqué de prévenance ? Même cinglée, cette fille était malgré tout son prochain, qui plus est en détresse. Bien sûr, il pouvait essayer de déplacer ce bastringue, mais il doutait que Lodvig soit capable de l'arranger même s'ils arrivaient à le tirer jusqu'à Ross Bay. Il sortit la tête de la tente et hurla à tue-tête :

— Y a un petit déjeuner, si ça vous dit !

Ma Kin de son côté avait réfléchi à la situation. Bien sûr, elle était furieuse contre Halvor, mais, d'un autre côté, il était le seul à pouvoir l'aider à remonter en l'air. C'est pourquoi elle se présenta pour le petit déjeuner. Elle se glissa à quatre pattes sous la tente et s'installa à l'extrémité du sac de couchage. Longtemps aucun d'eux ne souffla mot. Ils burent du thé et mangèrent des biscuits de survie tartinés de margarine, s'observant à la dérobée. Quand ils eurent fini, Halvor sortit et entreprit de mettre en pièces son traîneau.

Ma Kin le regardait avec étonnement. Quelle mouche le piquait ? Pourquoi mettre en pièces son traîneau ? Pour l'aider ?

Halvor avait eu une idée. Il coupa toutes les ligatures, rassembla toutes les traverses, mais en double largeur, et les attacha enfin aux patins. Puis il tira ce curieux équipage jusqu'à l'avion, et, non sans difficultés, réussit à pousser un côté du traîneau sous la roue intacte. Ensuite il tira le traîneau aussi près du côté du train cassé que possible, et avec son piolet comme bras de levier, il souleva la carlingue et la posa sur la première planche du traîneau. Une fois cela fait, il lia avion et traîneau et retourna à sa tente. Il remballa ses affaires, démonta la tente et attela les chiens. Puis il dit :

— Alors, j'suppose qu'on va essayer de descendre jusqu'à chez Lodvig.

Ma Kin hocha la tête, présumant que Lodvig était le forgeron en question.

— C'est à cent miles, vous avez dit ?

Halvor ne répondit pas. En fait, il aurait bien aimé lui dire quelque chose de gentil, d'encourageant, mais il ne trouva pas les mots. Il fit lever les chiens en les houspillant et claqua du fouet au-dessus de leurs têtes.

Il faut rendre cette justice aux trois chiens d'Halvor : ils firent de leur mieux. Ils réussirent effectivement à tirer la lourde machine sur quelques centaines de mètres. Au terme de cet exploit, ni les hurlements ni les claquements de fouet d'Halvor n'eurent plus le moindre effet sur eux.

Halvor s'installa sur une des planches rallongées et réfléchit. Ma Kin le regarda. Elle eut le sentiment qu'il valait mieux se taire.

Quand Halvor eut fini de réfléchir, il se leva et ressortit la tente.

— On ne continue pas ? demanda Ma Kin.

Halvor la regarda longuement. Il murmura quelque chose qu'elle ne comprit pas, et se mit à monter la tente. Ma Kin alla vers lui.

— Si vous renoncez déjà, vous n'avez qu'à le dire, dit-elle furieuse, comme ça je saurai à quoi m'en tenir.

Halvor sortit son long couteau. Il en testa le tranchant, puis le lança à la fille.

— Prenez, dit-il en riant, et redémontez le traîneau.

Si les chiens n'arrivaient pas à tirer l'avion, il fallait trouver une autre solution.

— Arriveriez-vous à mettre en route le moteur ? demanda-t-il.

Ma Kin hocha la tête.

— Si je démonte le carburateur et que je le nettoie, je pense que ça ira, répondit-elle.

— Est-ce que ce genre de truc peut rouler comme une voiture ? J'veux dire, est-ce qu'on risque pas qu'il monte en l'air tout d'un coup ?

La rage de Ma Kin avait complètement disparu. Elle éclata d'un grand rire clair.

— Non, il va rester où il est. Faut simplement arriver à remettre la roue en place.

À la surprise d'Halvor, Ma Kin comprit tout de suite son projet. Elle avait démonté la roue bien avant qu'Halvor ait saisi comment il fallait faire, et elle construisit un échafaudage avec les patins du traîneau pour tenir l'avion en l'air pendant qu'ils attachaient le piolet à l'armature avec une longue corde de peau de morse. Ils travaillèrent toute la journée, et, quand le soleil du soir rougit la glace, Ma Kin proposa qu'ils s'arrêtent.

Halvor la regarda, embarrassé. L'idée de passer la nuit au milieu de la glace avec cette fille lui fit virer le visage à l'écarlate. Il prétendit ne ressentir aucune fatigue et dit qu'il valait mieux achever le travail. Mais Ma Kin était têtue. Elle avait volé pendant des heures, avait travaillé pendant plus longtemps encore, et voulait maintenant manger et ensuite dormir.

Halvor lui fit bouillir de la viande de phoque qu'elle mangea de bon appétit et absolument sans faire la fine bouche devant l'odeur. Halvor s'étonna. Certes, la fille était cinglée, mais elle était aussi assez particulière. Elle prenait tout comme si c'était naturel, l'atterrissage en catastrophe, les immenses étendues de glace, la viande de phoque et lui, Halvor. C'était presque comme si elle appartenait à cette nature sauvage, en participait. Un sentiment inconnu se glissa en Halvor. Il lui montra la peau d'ours blanc du traîneau et lui proposa de dormir là-dessus dans son sac de couchage à lui. Mais elle refusa. Où dormirait-il si elle acceptait ?

— Oh ! moi, je préfère dormir dehors, dit-il. Je peux dormir sur les planches du traîneau.

Mais Ma Kin était vraiment têtue. S'il ne voulait pas dormir sur la peau dans la tente, eh bien, elle non plus. S'il pouvait se geler dehors, eh bien, elle aussi. Mais si c'était parce qu'il était gêné de partager sa tente avec elle, elle pouvait toujours monter dormir dans l'avion.

Les choses se passèrent donc comme elle voulait. Ma Kin se glissa dans le sac de couchage et Halvor s'installa sur la peau d'ours à côté d'elle. Il gelait à pierre fendre, les nuits d'avril étaient très froides, et Halvor se mit rapidement à trembler. À ce moment-là, Ma Kin déboutonna le sac et le persuada de se glisser dedans, avec elle. Ils se tournèrent le dos, et la dernière chose qu'Halvor pensa avant de s'endormir, c'était que l'ombre de Vieux-Niels était probablement en train d'écarquiller de grands yeux en voyant son compagnon dormir avec une jeune fille au teint cuivré au milieu du Fjord de Wollen.

14

Nanga

Ou des jours fastes pour Halvor : il retrouve ce qu'il cherchait, il rencontre l'amour et a droit en prime à un baptême de l'air.

Anton entendit l'avion mais ne le vit pas. Ma Kin volait à basse altitude le long du fjord, et la machine était cachée par l'imposant massif des Hommes Morts. Quand le bruit du moteur s'arrêta net, Anton craignit le pire. Il changea de cap et tourna vers le nord-est, dans la direction où la machine avait disparu.

La route pour contourner le massif des Hommes Morts était longue, et c'est seulement le lendemain matin très tôt qu'il descendit dans le Fjord de Wollen. Plus tard dans la matinée il aperçut la machine, la tente et les chiens.

Les chiens d'Halvor se mirent à hurler à la vue d'Anton, et leur vacarme arracha Halvor à son plus profond sommeil. En un rien de temps, il fut hors de son sac. Il s'éjecta de la tente, le colt brandi, et l'enfonça droit dans le ventre d'Anton.

— Ce n'est que toi !

Anton hocha la tête. Il montra l'avion.

— Qu'est-ce que c'est que ce machin ?

Halvor remit le colt en place.

— C'est un machin qui a atterri hier. Elle, elle est là-dedans.

— Comment ça, elle ?

— Celle qui le pilotait.

Halvor passa ses doigts en râteau dans son abondante tignasse.

— Elle est blessée ?

— Pas à ma connaissance. En tout cas, moi, je ne lui ai rien fait, plaisanta Halvor.

Anton alla jusqu'à la tente et y plongea la tête. Ma Kin leva son minois et lui adressa un charmant sourire.

— *Good morning*, dit-elle. C'est avec toi que j'ai dormi ? Il m'avait semblé que tu étais plus grand.

Anton secoua la tête. Il regarda fixement Ma Kin comme il l'aurait fait pour un fantôme. Il reconnut le visage et en devint cramoisi. Parce que ce visage, c'était justement celui de la femme sans visage dont il rêvait depuis des années. Il sortit rapidement la tête en murmurant :

— Je dois faire erreur.

Ma Kin sortit du sac, puis de la tente. Elle inspecta le nouveau venu. Taille moyenne, maigrichon et des plus crasseux. Son anorak était luisant de vieille graisse, et la jambe droite de son pantalon était maculée de sang séché. Il avait la barbe blonde et clairsemée, et ses yeux bleu pâle disparaissaient à moitié sous une frange blonde.

Halvor fit les présentations.

— C'est Anton. Il habite à Guess Grave et c'est un trappeur. Il est aussi étudiant et il écrit des poèmes.

Ma Kin serra la main à Anton, et elle sentit à quel point il tremblait. Puis elle lui demanda :

— Maintenant que ton copain t'a présenté, tu pourrais peut-être me le présenter, lui.

Anton fixait le sol.

— Parce qu'il s'est même pas présenté ?

Ma Kin rigola.

— Nous n'avons pas eu l'occasion. Moi, je m'appelle Ma Kin Mahoon et je viens de Londres.

Anton montra Halvor du doigt.

— Et ça, c'est Halvor, un Norvégien. Il est curé, et autrefois il a oublié quelque chose ici, mais il n'arrive pas à se souvenir ce que c'est, et c'est ce qu'il cherche maintenant.

— Ah !

Ma Kin regarda Halvor avec intérêt.

— Un curé, ici ?

Halvor hocha la tête.

— Je fais des études pour devenir curé en Norvège.

— Pourquoi ça ? demanda Ma Kin.

Halvor soupira.

— Parce qu'il s'est passé que j'ai bouffé mon compagnon à Hauna dans le temps. C'est une longue histoire.

Ma Kin regardait toujours Halvor. Cet homme, pensa-t-elle, était bien l'homme le plus étrange qu'elle ait jamais rencontré. Étrange, intéressant et, d'une certaine manière, attirant. Un curé qui avait bouffé son compagnon et qui maintenant circulait à la recherche de quelque chose qu'il avait oublié, mais dont il ne se rappelait même pas ce que c'était, quelle chance d'être tombée sur lui ! Ses pensées furent interrompues par une exclamation venant d'Anton.

— Mais qu'est-ce qui est arrivé à ton traîneau, Halvor ? Elle a atterri dessus ?

— Non, nous avons essayé de tirer l'avion jusqu'à chez Lodvig. Peut-être qu'il pourrait le réparer. Mais ça n'a pas marché. Il était trop lourd. Maintenant on a donc renforcé l'attache de la roue avec le piolet, comme tu peux voir, comme ça elle pourra rouler jusque là-bas elle-même avec l'hélice.

Anton hocha la tête lentement. Il évitait de croiser le regard de Ma Kin pour ne pas prendre de risques. Il sentait son sang s'affoler dans toutes ses veines, et surtout dans celles de chacun de ses poèmes, et il découvrit avec frayeur qu'il était déjà en train de formuler des rimes pour ses prochains poèmes d'amour.

— Tu nous fileras peut-être un petit coup de main ? demanda Halvor.

— Quoi ?

— T'as pas envie de nous aider ? répéta Halvor.

— Ah, oui, euh, si bien sûr.

Anton essayait de récupérer.

— Mais est-ce que ce ne serait pas plus simple si je passais chez Lodvig au retour et lui demandais de monter à Cap Elizabeth ? Tu n'as que vingt-cinq kilomètres jusqu'à chez toi, Halvor, alors que la route pour chez Lodvig est au moins quatre fois plus longue.

Halvor conféra avec Ma Kin, et il fut décidé de faire comme Anton avait proposé. Sans prendre le temps de manger ni de dormir, Anton fit faire volte-face à son traîneau et repartit dans les traces qu'il avait faites au cours de la nuit. Quand le crissement du traîneau se fut estompé, Ma Kin dit :

— Un homme curieux et timide, cet Anton. Qu'est-ce qu'il était pressé de repartir !

— Il a la tête pleine de poésie, répondit Halvor,

soucieux d'excuser Anton. Il était peut-être en plein dans un poème quand il est tombé sur nous.

Il alla vers l'avion et secoua le piolet.

— Vous croyez que ça va tenir ?

Ma Kin alla vers lui. Elle se pencha sur la béquille qu'ils avaient bricolée et posa au hasard de ce mouvement sa main sur celle d'Halvor. Il ne la retira pas ainsi qu'elle aurait cru, mais resta tétanisé comme s'il avait peur qu'elle n'enlève la sienne, elle.

— Essayons, dit-elle, en donnant sur sa main une pression légère avant de remonter dans le cockpit.

Le transfert jusqu'à Cap Elizabeth se passa sans trop de problèmes. Quand Ma Kin démarra le moteur du petit Avro Avian, les chiens d'Halvor prirent la poudre d'escampette, terrorisés. Ils se dirigèrent ventre à terre vers Cap Elizabeth sans demander leur reste. Le matériel d'Halvor fut fourré dans le petit cockpit, et lui-même s'installa sur le siège à côté de Ma Kin. Délicatement, elle laissa la machine rouler sur la glace. Halvor fixait la roue rafistolée.

— Je crois que ça ira ! hurla-t-il à travers le bruit.

Ma Kin lui envoya un sourire radieux. Elle posa sa main sur son genou. Et l'y laissa.

Il fallut resserrer les attaches par deux fois pour arriver à bon port. Ils garèrent la machine sur la glace devant la maison et portèrent ensemble les bagages jusqu'à la porte.

— Quelle maison charmante, s'exclama Ma Kin joyeusement, et quel merveilleux panorama !

Halvor la regarda. Il aimait regarder ces yeux pétillants d'un bleu profond.

— Oui, c'est pas mal, murmura-t-il, modeste, mais entrez donc.

Il ouvrit la porte et laissa Ma Kin pénétrer la première.

Voilà maintenant qu'ils habitaient ensemble dans la même maison. Ils avaient une couchette en haut et une en bas, une cuisinière, une table, une chaise et un des sièges de l'avion comme fauteuil. Et du temps devant eux. Halvor promena Ma Kin dans les environs. Il lui montra les montagnes derrière la cabane, les rondes et souples collines, et il l'emmena à des hauteurs étourdissantes sur le glacier de Herchill, et plus loin jusqu'au nunatak de Petersen qui pointait comme une île sur l'inlandsis, et d'où l'on voyait presque jusqu'au bout du monde.

Pour Ma Kin, ces jours furent les plus beaux qu'elle ait jamais vécus. Elle ressentait un bonheur indicible d'avoir retrouvé le ciel bleu de son enfance comme une voûte au-dessus de sa tête. Elle raconta sa jeunesse à Halvor, lui parla de son père et de Singh, le Pathan. Elle lui raconta Nanga, la merveilleuse montagne bleue qui poussait son sommet jusqu'aux confins de l'éternité, et elle lui confia des choses sur elle-même qu'elle n'avait jamais racontées à quiconque auparavant. Parce qu'Halvor était maintenant l'objet de ses langueurs. De tous les hommes qu'elle avait rencontrés, il était le plus différent et le meilleur, tout curé et anthropophage qu'il fût.

Un soir qu'ils étaient chacun sur sa chaise devant la cuisinière, Halvor raconta ses années passées au Groenland avec Vieux-Niels. Il n'essaya pas d'éluder son meurtre et son dîner de Noël. Il décrivit paisiblement la relation qui s'était établie entre Dieu et lui au moment où on l'avait rapatrié en Norvège. Il parla également de l'ombre de Vieux-Niels, laquelle, assise sur la caisse à charbon, avait les oreilles aussi développées que celles d'un âne pour ne pas en perdre une miette. Ma Kin ne trouvait rien de bizarre à cette ombre. Elle avait, affirma-t-elle, vu et entendu tant de choses inexplicables dans son enfance à Srinagar qu'une ombre gentille et fidèle n'était pas pour l'effrayer.

Ils devinrent complices, ces deux-là. Et de leur complicité naquit l'amour. Un soir où Halvor avait parlé de sa quête de ce qu'il avait oublié, Ma Kin se leva et lui mit les bras autour du cou. Halvor, qui était debout près de la table, devint aussi raide qu'une colonne dorique. Quand elle l'embrassa, il fut saisi de vertiges tels qu'il en tomba à la renverse dans la couchette inférieure, entraînant Ma Kin avec lui dans la chute.

Par la suite, ils vécurent ce que vivent tous les amoureux. Halvor entretint ses vertiges, et Ma Kin et lui restèrent couchés pendant vingt-quatre heures, bon poids. De temps en temps, elle se glissait dehors, chargeait jusqu'à la gueule la cuisinière à charbon, faisait frémir une tasse de thé et tartinait quelques biscuits de survie. Ils s'aimaient, buvaient du thé et dormaient. De temps à autre, ils se contemplaient avec des regards heureux et rassasiés. Ils vécurent ainsi jusqu'à l'arrivée de Lodvig et de son traîneau chargé de ferrailles, de câbles d'acier et de lampes à souder.

Lodvig était un homme qui avait plus d'un tour dans son sac. Quelques jours plus tard, il avait remplacé la roue arrachée, grandement amélioré le train arrière dont la conception laissait à désirer, et remis en état l'aile endommagée. L'Avro de Ma Kin était comme neuf. Il était maintenant sur la glace, prêt à repartir pour l'Angleterre.

Mais Ma Kin n'avait pas la moindre envie de repartir. Elle voulait rester avec Halvor, qui tournait en rond à rêvasser, et à sourire — un peu comme s'il avait trouvé ce qu'il cherchait, pensa Lodvig. Bien qu'il ait achevé son travail, Lodvig resta à Cap Elizabeth pour bien étudier les tourtereaux. Il fallait pouvoir, par la suite, décrire tout en détail à Pedersen et à tous les autres sur la côte.

Mai arriva. Et s'écoula une grande partie de mai. La glace commençait à fondre dans la journée, et les flaques de dégel s'élargissaient lentement. Ma Kin conduisit sa machine un peu plus loin sur la glace épaisse, histoire de prolonger ainsi, toujours selon Lodvig, son séjour dans le nord-est du Groenland d'une bonne quinzaine de jours.

Halvor était heureux. Et, à la lumière de son bonheur, il découvrit soudain tout ce qui lui avait été caché par l'obscurité auparavant. Il pensait à cette année qui s'était presque écoulée, à toute la gentillesse et à l'affection qu'on lui avait témoignées depuis son arrivée, et encore maintenant. Un jour où ils étaient couchés en montagne, Ma Kin et lui, il s'assit brusquement, comme piqué par une abeille.

— Ça y est ! cria-t-il, surexcité. Ça y est ! Ma Kin !

Ma Kin, qui était allongée la tête sur le ventre d'Halvor et qui, au sursaut de celui-ci, s'était retrouvée coincée entre ses cuisses et son abdomen, souffla, à moitié étranglée :

— Quoi, Halvor ?

— Je sais c'que j'ai oublié. J'ai trouvé !

Ma Kin retira sa tête et se coucha à côté d'Halvor. Elle leva la main et lui ébouriffa sa belle chevelure blonde.

— Raconte alors, chuchota-t-elle, impatiente.

— Oui.

Halvor s'échauffa.

— C'est comme si j'étais plus moi-même depuis que j'ai bouffé Vieux-Niels. Ça je te l'ai déjà raconté. Puis j'ai commencé le séminaire parce que j'avais l'impression que Dieu pourrait m'aider. Ensuite je suis monté ici où j'ai retrouvé mes vieux amis, et ici j'ai senti que j'étais aimé et que je pouvais moi-même aimer. Puis l'ombre de Vieux-Niels m'est tombée sur le dos et je me suis réconcilié avec pour à la fin l'aimer aussi, et tout à la fin tu es arrivée.

— Oui, et alors, où veux-tu en venir ?

Ma Kin le regardait, sans comprendre.

— Qu'est-ce que tu as trouvé, Halvor ?

— Moi-même, bien sûr !

Halvor éclata d'un rire franc.

— Je me suis oublié quand on m'a emmené en Norvège. Tu comprends ? Je m'étais déjà perdu au moment où je me suis farci Vieux-Niels, et je ne me suis pas retrouvé avant maintenant.

Ma Kin le tira à elle et l'embrassa sur la bouche. Quand elle eut fini, elle dit :

— Qu'est-ce que je suis contente ! Alors, tu n'auras plus besoin de chercher ?

Elle fronça les sourcils, tout à coup pensive.

— Mais Dieu, alors, Halvor, et le séminaire ?

— Ici j'ai trouvé Dieu aussi, déclara Halvor. Mais je crois qu'il préfère rester ici où il se porte très bien.

Il se pencha pour rendre le baiser. Quand il eut fini, il continua :

— Cette montagne-là, Nanga, c'est loin d'ici ?

— Tout près, répondit Ma Kin. Nous sommes presque couchés dessus.

Il montra l'avion.

— Quand est-ce qu'on part ?

— Demain, répondit-elle, joyeuse. Demain, nous partons pour Nanga.

Ma Kin décolla le 28 mai, alors que le soleil était encore au nord. Décollage sans problèmes, et Ma Kin décrivit par deux fois un cercle au-dessus de Cap Elizabeth en battant audacieusement des ailes pour saluer Lodvig. Ils mirent le cap sur Guess Grave, où ils passèrent à toute vitesse en vrombissant juste au-dessus des têtes d'Anton et Herbert qui étaient en train de poudrer des peaux de renards avec de la farine de blé. Ensuite ils survolèrent Fimbul, Cap Rumpel, Kap Thompson et Grover Bay, où les bœufs musqués, affolés par le vacarme du petit Avro, défoncèrent l'enclos en deux endroits. Ils tournèrent un peu au-dessus de la Cabane du Vent et de Bjørkenborg et terminèrent la tournée au-dessus de Hauna où Fjordur, qui ne savait pas qu'Halvor se trouvait à bord, les menaça avec une hache. Ensuite ils continuèrent en descendant le Fjord du Roi Oscar, jusque sur les glaces à la dérive dans le détroit de Danemark. Halvor ne se retourna pas une seule fois pour voir disparaître le nord-est du Groenland. Il était assis, une main posée sur la cuisse de Ma Kin, contemplant l'incommensurable voûte bleue du ciel au-dessus d'eux.

15

La mouette

... où Bjørken se sent quelque peu débordé par ses talents de maître spirituel.

Tout le monde était installé sur le banc devant la cabane de Kap Thompson. À une extrémité, Siverts, la barbe fourrée à l'intérieur de sa chemise en laine. À côté de lui, l'avocat Volmersen, le bras gauche en écharpe suite à un léger différend avec un des étalons d'élite de Grover Bay. Puis suivaient Mads Madsen et William le Noir, chacun sa pipe à la bouche. Ils fumaillaient de bon cœur, tenant ainsi les moustiques à distance respectable de la station. Après William, il y avait Bjørken et Museau, Bjørken dans un maillot de corps bien échancré pour laisser apparaître le haut de ses superbes tatouages, et Museau, les lunettes collées sur les yeux parce que la deuxième branche avait cassé et était, comme la première, remplacée par un élastique rouge. Lodvig se tenait raide et solennel, les poings reposant mollement sur les genoux, à côté de son compagnon de maison, le petit Pedersen. Le Lieutenant Hansen avait le nez en l'air, des moustaches vibrantes et les bottes rutilantes sous les rayons du soleil. Entre Herbert et Fjordur, il y avait Anton, et, devant le banc, Valfred piquait un roupillon dans la bruyère. Dans la salle de séjour, Lasselille courait nerveusement, dressant les couverts à café pour le Comte, qui était en train de mettre la dernière main à un gâteau sucré, fait avec deux douzaines d'œufs de guillemot. Lasselille était sur le départ. Il avait passé un printemps difficile et un été déconcertant et avait constitué un grand motif de préoccupation pour Museau et Bjørken. Maintenant il rentrait voir sa mère là-bas en Scanie, pour en quelque sorte essayer de remettre les pendules à l'heure.

Museau, assis sur son banc, pensait que tout cela était vraiment fâcheux pour le garçon. Mais ça lui ferait du bien de quitter Bjørken une bonne année, parce que c'était incroyable ce que cette vieille barbe arrivait à fourrer dans la tête du jeunot. Cette histoire avec les vieilles Eskimos avait fait déborder le vase. Il fallait bien reconnaître à Lasselille une grande capacité d'identification, ça oui, et c'est pourquoi Bjørken ne devait pas le gaver avec toutes ses balivernes. Il avait fallu aller capturer Lasselille et l'arracher à la cabane de la Vallée du Rhum où il s'était installé avec « La Mouette » et sa famille. Un sacré coquin quand même, ce Lasselille, capable comme ça de sortir une centenaire de son sachet antimite et de s'amuser un peu avec elle.

Ils voyaient depuis longtemps la fumée de la *Vesle Mari*, et la glace comportait des fissures suffisamment larges pour qu'elle puisse se frayer un chemin, sans difficultés majeures, jusqu'à la côte. Ils entendaient le ronronnement puissant des machines, le grincement des flancs de la coque quand elle frottait contre une grande plaque de glace et les cris rauques du capitaine Olsen quand il traitait l'homme de barre de fils de pute et de saltimbanque de merde.

Le petit Pedersen se pencha en avant et regarda Anton avec curiosité.

— Tu ne dis pas grand-chose, Anton. Tu es peut-être impatient de voir le courrier ?

Tout le monde savait qu'Anton avait envoyé l'année précédente le manuscrit de son roman pour le faire publier. Herbert se pencha en avant et chuchota à Pedersen :

— Il fait de la poésie, Pedersen. S'il pensait tout fort, on pourrait pas rester là à cause du bruit.

— Fichtre !

Pedersen avança encore un peu plus son nez pointu.

— Sur quel sujet il fait de la poésie ?

— L'amour, répondit Herbert avec un petit soupir.

Pedersen hocha la tête et ramena son nez.

— Ah bon, répondit-il, ouais, j'suppose que ça pend au nez de n'importe qui.

Anton ne dit rien. Il regardait par-dessus la mer, par-dessus la cheminée de la *Vesle Mari*, par-dessus l'horizon et loin par-dessus la réalité avec ses yeux brûlants. Il était au milieu du douzième alexandrin d'un poème qui concernait la narine droite du visage que la femme sans visage avait récupéré à l'occasion de la visite de Ma Kin.

Quand le bateau fut assez près pour qu'ils distinguent Olsen dans son tonneau, William prêta à Bjørken les longues jumelles télescopiques que Mads Madsen lui avait offertes. Bjørken escalada selon la tradition le pignon de la maison, ajusta les jumelles devant ses yeux et scruta le pont de commandement. Après avoir vu ce qu'il voulait voir, il redescendit et se réinstalla sur le banc. Au terme d'une pause savante, il déclara :

— Apparemment pas de surprise. Olsen dans le tonneau, le second et l'homme de barre sur le pont, et puis quelqu'un qui ne dépasse pas assez en hauteur pour être identifié.

Tout le monde se détendit. Valfred ronflait légèrement et les hommes continuaient à bavarder. De la maison émanait le fumet du gâteau du Comte, et tout le monde entendit quand Lasselille, en proie à un horrible trac, fit tomber le sucrier.

La *Vesle Mari* alla droit à son point de mouillage. On lança les aussières et serra la poupe à bloc contre le rocher. Les chasseurs se levèrent et descendirent pour souhaiter la bienvenue.

Le capitaine Olsen fut amené à terre dans la yole, et il salua toute la rangée.

— Où avez-vous caché Mortensen, et où est Halvor ? demanda-t-il à Mads Madsen.

— Doc et Mortensen sont partis prendre des grandes vacances sur l'île Ymers, répondit le chef de station, et Halvor est parti pour Nanga.

Olsen hocha la tête.

— Ah bon, Nanga. Et ça s'trouve où, ça ?

— Il paraît que c'est dans le Cachemire, ou au Tibet, ou peut-être bien en Mongolie. J'sais pas au juste. Il est parti en avion.

Olsen ne broncha pas.

— Naturellement, dit-il. Puisque c'est loin, ce, hum, Nanga.

Ils montaient vers la maison et le café préparé par le Comte quand tout à coup Lasselille les croisa comme un dératé. Il faisait des grands gestes avec les bras et poussait des cris que William devait plus tard qualifier d'animaux. Ils se tournèrent et le suivirent du regard.

— Tu vas le ramener, dit Mads Madsen au capitaine. Il est devenu un peu bizarre ces derniers temps.

Museau tripota les élastiques tendus.

— Une victime de plus de l'Histoire, dit-il, triste.

Tout le monde suivait Lasselille du regard. Le Comte de sa fenêtre, un torchon entre les mains. Même Valfred s'était redressé. Lasselille courait vers la *Vesle Mari*. Il agrippa une des solides aussières et se mit à traverser comme un singe.

— Fais gaffe, fiston ! cria Bjørken, inquiet.

Lasselille progressa agilement jusqu'au moment où il toucha le bastingage. Il se balança aisément par-dessus bord et tomba dans les bras d'une petite créature aux cheveux noirs qui était accourue vers lui depuis le pont de commandement.

— Putain de bordel ! s'exclama Bjørken.

Il enfonça le coude dans les côtes de Museau.

— Tu vois, Museau, qu'est-ce que je disais ?

Museau fixait le bateau de ses yeux myopes. Il vit Lasselille hisser la brune groenlandaise sur la bite et il l'entendit crier :

— C'est ma Mouette, Bjørk ! Est-ce qu'elle est pas superbe ?

Bjørken lui fit quelques signes mous.

— D'où tu sors cette fille, Olsen ? demanda-t-il au capitaine.

— Nous sommes passés par Scoresbysund, répondit Olsen. Elle va au Danemark avec nous.

— Comment elle s'appelle ? demanda Museau, presque en chuchotant.

— Naja, répondit Olsen.

— Ça veut dire quoi ?

— La mouette, je crois. Pourquoi ?

Olsen regarda ceux de Bjørkenborg avec étonnement.

Aucun d'eux ne répondit. Museau enleva ses lunettes et les fourra dans sa poche. Il en avait assez vu. Bjørken, affalé sur lui-même, regardait les bouts de ses bottes-sabots.

— Incroyable, murmura-t-il. Est-ce que je n'avais pas dit qu'ils existaient vraiment, Museau ? Comment bordel expliquer ce genre de choses à des têtes de mules ? Comment c'est encore qu'on appelle ce genre de phénomène ?

— De l'amour, suggéra Museau.

— Crétin, grogna Bjørken.

Il tourna les talons et disparut dans la maison pour consulter son encyclopédie.

Table des matières

IMPRIMÉ EN FRANCE PAR BRODARD ET TAUPIN
6052W - La Flèche (Sarthe)
N° d'édition : 2964
Dépôt légal : janvier 1999
Nouveau tirage : septembre 1999